世说新语精译

诵读版

金 鑫◎译

中国纺织出版社

内 容 提 要

刘义庆组织编写的《世说新语》，是一部记录人言谈、轶事的笔记体短篇小说集，是我国魏晋南北朝时期“志人”小说的代表作。全书依内容分为“德行”、“言语”、“政事”、“文学”等三十六类，集中描写了魏晋名士特异之言谈、怪诞之行动、俊逸之追求，既是我们领略魏晋名士风采，感受清谈、品题世风的途径，亦是我们触摸、体味读书人心理机制、思想意识之初创的最佳材料。这部被鲁迅称为“名士教科书”的名著，究竟能为今天的读书人带来怎样的启发和感悟，相信每位读者阅读之后都会给出自己的答案。

图书在版编目（CIP）数据

世说新语精译：诵读版 / 金鑫译．—北京：中国纺织出版社，2016. 11

（南开中华典藏文库）

ISBN 978-7-5180-2757-6

Ⅰ．①世… Ⅱ．①金… Ⅲ．①笔记小说—中国—南朝时代②《世说新语》—译文 Ⅳ．① I242. 1

中国版本图书馆 CIP 数据核字（2016）第 145360 号

策划编辑：陈　芳　　朗诵者：何凌飞　　责任印制：储志伟

中国纺织出版社出版发行

地址：北京市朝阳区百子湾东里 A407 号楼　邮政编码：100124

销售电话：010—67004422　传真：010—87155801

http: //www.c-textilep.com

E-mail: faxing@c-textilep.com

中国纺织出版社天猫旗舰店

官方微博 http: //weibo.com/2119887771

北京佳信达欣艺术印刷有限公司印刷　各地新华书店经销

2016 年 11 月第 1 版第 1 次印刷

开本：710×1000　1/16　印张：15.75

字数：174 千字　定价：29. 80 元

南开中华典藏文库

编委会名单

序

从浩如烟海的中华文化典籍中，撷取最为经典的作品以飨读者，无疑是一项艰巨而有意义的工程。

自古及今，各家选本和丛刊各具特色，又殊途同归。不同时代，不同的政治标准和美学理想，会产生不同的典藏取舍。时至今日，随着国学的兴盛和图书市场的发展，越来越多的典藏选本出现。百花繁盛的同时，我们也感到一点忧虑。国学之盛，其间未必没有炒作的意味；而各家逐利，也少不了一些粗制滥造。如何编纂校勘真正优秀的典籍，让读者不被花样繁出的选本迷惑，也就成为国学图书热中有特殊意义的工作。

南开大学语文教育研究中心成立以来，致力于大学语文的改革和教学，已经成为该领域居国内领先地位的学术组织。国家级优秀教学成果、国家级精品课程、国家教学名师和国家级教学团队，各项成绩均指向大学母语教育和经典传承的工作。相对来说，中心在面向社会的语文教育方面，用力较少。这次，在出版方邀约之下，我中心教师戮力协作，推出这套“南开中华典藏文库”。希望给社会读者带来留得住、值得看的中华经典译本注本，也有在国学图书热的市场上正源清流的意思。

国学图书虽多，由国家级教学团队集体为之的精品译本注本，尚属首次。

序

当然，具体编译者的水平不一，这套丛书估计还存在一些问题，也期待未来方家批评和指正。

南开大学语文教育研究中心

2016 年 9 月

前言

《世说新语》又名《世说》，是南朝宋刘义庆召集门下食客共同编撰而成。因为汉代刘向曾著《世说》，后人为加以区别，宋时将该书改名为《世说新语》。

《世说新语》是我国魏晋南北朝时期“笔记小说”的代表作，主要记录了魏晋名士清谈、品题等活动，对其栖逸、任诞、简傲的性格特征，以及种种人生追求和嗜好，也都有生动的描写。较全面地反映了魏晋时期士族阶层的生活方式、精神面貌与时代风气，是记录魏晋时期社会风貌的重要史料，被鲁迅称为“魏晋名士的教科书”。《世说新语》主要收录了魏晋士人的言行故事，魏晋时期谈玄成为风尚，而玄学正是以道家老庄思想为基础的，因此《世说新语》反映出比较浓厚的道家色彩兼及儒家、佛家思想。从书中记录人物的言行，尤其是对德行、言语、政事、文学、方正、雅量、识鉴、赏誉、品藻、规箴、捷悟、夙惠、豪爽等主题的褒扬，都显露出道家为主兼及儒、佛的特点。

《世说新语》内容可分为“德行”、“言语”、“政事”、“文学”、“方正”等三十六类，每类有若干则故事，全书共有故事一千二百多则。每则故事文字长短不一，有的数行，有的三言两语，语言精炼含蓄，隽永传神，显露出笔记小说“随手而记”的诉求与特性。书中故事均属历史上实有的人物，但他们的言论或行为则有一部分出于传闻，不尽符合史实，当为融合多部历史书籍而成。全书风格较为一致，当为刘义庆编撰中有意识统一文风所致，这也是该书要

前言

好于一般笔记小说的优长所在。

《世说新语》流传较早的版本为南宋刻本，现存三种：日本尊经阁丛刊中影印的宋高宗绍兴八年刻本、宋孝宗淳熙十五年陆游刻本和清初期徐乾传是楼所藏宋淳熙十六年湘中刻本。本书选用宋高宗绍兴八年刻本原文，参考刘孝标注释、余嘉锡笺疏，补充现代白话译文。为加深读者对各主题的理解，本书还为各主题配以古诗注解，以期达到主题了然、文味悠长的效果。

金鑫

2016 年 4 月

目录

目录

德行第一

“无竞维天，四方其训之，有觉德行，四国顺之。訏谟定命，远犹辰告，敬慎威仪，维民之则。”德行当为第一。

【原典】

陈仲举言为士则，行为世范[①]，登车揽辔[②]，有澄清天下之志[③]。为豫章太守，至，便问徐孺子[④]所在，欲先看之。主簿白："群情欲府君先入廨[⑤]。"陈曰："武王式商容之间[⑥]，席不暇暖。吾之礼贤，有何不可！"

【注释】

①陈仲举：陈蕃（？-168），字仲举，东汉桓帝末年任太傅。当时宦官专权，他与大将军窦武谋诛宦官，未成，反被害。这一句说他的言行是士人、世人的榜样。士：读书人。

②登车揽辔：登上公车，手执缰绳。这里指走马上任。揽：拿住。辔：牲口的嚼子和缰绳。

③有澄清天下之志：指怀抱扫除奸佞使天下重归清平的志向。

④徐孺子：徐稚（97-168），字孺子，东汉豫章南昌（今属江西）人，是当时的名士、隐士。

⑤主簿：官名，主管文书印信。白：陈述，禀报。府君：太守办公的地方称府，所以称太守为府君。廨（xiè）：官署，衙门。

⑥式商容之间：在商容居住的里巷门外立标志来表彰他。式：通"轼"，表敬意。商容是殷纣王时的贤臣。间：指住所。

【译文】

陈蕃的言谈和行为是读书人的准则，世人的模范。他刚刚走马上任，就怀抱扫除奸佞使天下重归清平的志向。出任豫章太守时，一到治所，就打听徐稚的住处，想先去拜访他。主簿禀报说："大家的意思是希望府君先进官署视事。"陈蕃说："周武王刚即位，就到商容的住所去拜访，连休息都顾不上。我尊敬贤人，有什么不对呢！"

【原典】

周子居[①]常云："吾时月不见黄叔度[②]，则鄙吝之心已复生矣！"

【注释】

①周子居：周乘，字子居，东汉人，不畏强暴，陈仲举曾赞他为“治国之器”。

②黄叔度：黄宪，字叔度，汝南慎阳人。出身贫寒，有德行，得到时人赞誉。

【译文】

周乘常说：“我如果数月见不到黄叔度，庸俗贪婪的想法就又滋长起来了！”

【原典】

郭林宗[1]至汝南，造袁奉高[2]，车不停轨，鸾不辍轭[3]；诣黄叔度[4]，乃弥日信宿[5]。人问其故，林宗曰：“叔度汪汪如万顷之陂[6]，澄之不清，扰之不浊，其器深广，难测量也。”

【注释】

①郭林宗：郭泰（127-169），字林宗，东汉人，博学有德，为时人所重。

②造：造访。袁奉高：名阆（làng），字奉高，和黄叔度同为汝南郡慎阳人，多次辞谢官府任命，也很有名望。

③车不停轨，鸾不辍轭：指车子不停留，这里形容下车时间短暂。轨：车轴的两头，这里指车轮。鸾：装饰在车上的铃子，这里指车子。轭：架在牲口脖子上的曲木。

④诣：拜访。

⑤弥日：终日，整天。信宿：连宿两夜。

⑥陂（bēi）：池。

【译文】

郭泰到汝南郡去拜访袁阆，车子尚未停稳，车铃声还在响，就走了；去拜访黄宪，却留宿两夜。别人问他什么原因，他说：“叔度好比万顷的湖泊那样宽阔、深邃，不会因为澄清而显得清澈，也不会因为搅动而显得浑浊。他器度之深广，实在难以测量！”

【原典】

李元礼风格秀整[1]，高自标持[2]，欲以天下名教[3]是非为己任。后进之士有升[4]其堂者，皆以为登龙门[5]。

【注释】

①李元礼：李膺（110-169），字元礼，东汉人，曾任司隶校尉。当时朝廷纲纪废弛，他却独持法度，令宦官生畏。风格秀整：风度出众，品性端庄。

②高自标持：自视甚高，自负。

③名教：以儒家所主张的正名定分为准则的礼教。

④升：登上。

⑤登龙门：比喻，指抬高声望。

【译文】

李膺风度出众，格调严整，自视甚高，把天下正名定分、辨明是非看成自己的责任。后辈读书人有能得到他教诲的，都自以为登上了龙门，声望倍增。

【原典】

李元礼尝叹荀淑、钟皓[1]曰："荀君清识难尚[2]，钟君至德可师。"

【注释】

①荀淑（84-149）：字季和，东汉颍阴人，曾任朗陵侯相（所以下面一则中又叫荀朗陵），后弃官归隐。钟皓（87-155）：字季明，颍川长社人，少以"笃行"著称。

②清识：高明的见识。尚：超过。

【译文】

李膺曾经赞叹荀淑和钟皓说："荀君识见高明，人们很难超过他；钟君道德高尚，可以成为良师。"

【原典】

陈太丘[1]诣荀朗陵，贫俭无仆役。乃使元方[2]将车，季方[3]持杖后从。长文[4]尚小，载著车中。既至，荀使叔慈应门，慈明行酒，余六龙下食[5]。文若[6]亦小，坐著膝前。于时太史奏："真人[7]东行。"

【注释】

①陈太丘：陈寔（104-187），字仲弓，曾任太丘县长，所以称陈太丘。初为县吏，后任太丘长。后被党锢之祸牵连，他不肯逃亡，自请囚禁。

②元方：陈纪，陈寔长子。父子三人才德兼备，知名于时。

③季方：陈谌，字季方，陈寔第六子。

④长文：陈群（？ -236），字长文，陈寔之孙，陈纪之子。

⑤叔慈：荀靖，字叔慈，荀淑第三子。荀淑有八个儿子，号称八龙。叔慈、慈明是他两个儿子的名字，其余六人就是这里所说的六龙。应门：照管门户，指开门迎送宾客等事，这里指迎接。下食：上菜。

⑥文若：荀彧（163-212），字文若，荀淑之孙，荀绲之子，自小被世人称作"王佐之才"。官至汉侍中，守尚书令。

⑦真人：修真得道的人，此指德行最为高洁的人。据《汉杂事》所载："殆时人钦重太丘名德，造作此言，与荀氏无与焉。"（见《世说新语笺疏》第8页）

【译文】

陈寔去拜访荀淑，家贫、俭朴，没有仆役可以差使，就让长子陈纪驾车送他，少子陈谌拿着手杖跟在车后。孙子陈群年纪尚小，就放在车中。到了荀家，荀淑让荀靖出门迎接客人，让荀爽给客人斟酒，其余六个儿子负责上菜。孙子荀彧还小，就坐在荀淑膝上。这时候太史启奏朝廷说："有才德之人往东去了。"

【原典】

客有问陈季方："足下家君太丘有何功德而荷天下重名[1]？"季

方曰："吾家君譬如桂树生泰山之阿②，上有万仞③之高，下有不测之深；上为甘露所沾，下为渊泉④所润。当斯之时，桂树焉知泰山之高，渊泉之深？不知有功德与无也。"

【注释】

①家君：父亲。对自己或他人父亲的尊称。荷：担当，承受。重名：大名。

②阿（ē）：山的拐角儿。

③仞（rèn）：长度单位，七尺或八尺为一仞。

④渊泉：深泉。

【译文】

有人问陈谌："您父亲有哪些功勋和品德，能够享有如此崇高的声望？"陈谌说："我父亲好比是桂树，生长在泰山的山坳里，上有万丈高峰，下有深不可测的深渊；上受雨露浇灌，下受深泉滋润。在这时候，桂树怎么知道泰山有多高，深泉有多深呢？所以我不知道父亲有没有功德啊！"

【原典】

陈元方子长文，有英才，与季方子孝先，各论其父功德，争之不能决，咨①于太丘，太丘曰："元方难为②兄，季方难为弟。"

【注释】

①咨：询问。

②难为：难做。

【译文】

陈纪的儿子陈群有杰出的才智，他和陈谌的儿子陈忠各自论颂自己父亲的事业和品德，两人争执不下，便去问祖父陈寔，陈寔说："元方很难当哥哥，季方也很难当弟弟，二人的德行难分伯仲。"

【原典】

荀巨伯①远看友人疾，值胡②贼攻郡，友人语巨伯曰："吾今死矣，子[3]可去。”巨伯曰：“远来相视，子令吾去；败义以求生，岂荀巨伯所行邪？”贼既至，谓巨伯曰：“大军至，一郡尽空，汝何男子，而敢独止？”巨伯曰：“友人有疾，不忍委之，宁以我身代友人命。”贼相谓曰：“我辈无义之人，而入有义之国[4]。”遂班军而还，一郡并获全。

【注释】

①荀巨伯：东汉人，事迹不详。

②胡：古时西方、北方各少数民族的统称。

③子：对对方的尊称，相当于“您”。

④国：指地方。

【译文】

荀巨伯到很远的地方去探望朋友的病，正好碰上外族强盗攻打郡城，朋友对巨伯说：“我这下活不成了，您赶快离开吧！”巨伯说：“我远道来看您，您却叫我离开，不顾道义来求活命，难道是我荀巨伯干的事吗？”强盗进了郡城，对巨伯说：“大军到了，全城的人都跑光了，你是何等的男子汉，竟敢独自留下来？”巨伯说：“朋友有病，我不忍心扔下他，宁愿让我自己代朋友去死。”强盗听了互相议论说：“我们这些不讲道义的人，却进入了有道义的地方。”于是就撤军了，全城也因此得以保全。

【原典】

华歆遇子弟甚整[1]，虽闲室[2]之内，严若朝典[3]。陈元方兄弟恣柔爱[4]之道。而二门之里，两不失雍熙之轨[5]焉。

【注释】

①华歆（157-231）：字子鱼，汉桓帝时为尚书郎，献帝时任豫章太守。同邴原、管宁一起在外求学，三人很要好，当时人们称他们三人为一龙，说华歆是龙头，管宁是龙腹，邴原是龙尾。子弟：子侄，年轻一辈。整：严肃。

②闲室：闲处在家之际。

③朝典：朝廷的礼仪。

④恣：任意。柔爱：和睦、友爱。

⑤雍熙：和乐。轨：法度、准则。

【译文】

华歆对待后辈很是严肃，即使是闲暇在家时，礼仪也像在朝廷上那样恭敬严肃。陈纪兄弟之间则是和睦友爱地相处在一起。这两个家庭内部都有各自的相处之道，却又都没有失掉和睦安乐的治家准则。

言语第二

“牧童唱巴歌，野老亦献嘲。泊舟问溪口，言语皆哑咬。”汉语之奥妙，中国人之智慧，最直接地体现于言语之中。

【原典】

边文礼见袁奉高[①]，失次序[②]。奉高曰："昔尧聘许由，面无怍色[③]，先生何为颠倒衣裳[④]？"文礼答曰："明府[⑤]初临，尧德未彰，是以贱民颠倒衣裳耳。"

【注释】

①边文礼：边让，字文礼，东汉陈留郡人。后任九江太守，被魏武帝曹操杀害。袁奉高：参见《德行》第三则注②。

②失次序：失顺序，不合礼节。

③怍色：惭愧的神色。

④颠倒衣裳：把衣服穿颠倒了。这句话出自《诗经·齐风·东方未明》："东方未明，颠倒衣裳。"

⑤明府：明府指高明的府君，吏民也称太守为明府。

【译文】

边让见到袁阆的时候手忙脚乱。袁奉高说："古时候尧请许由出来做官，许由脸上没有愧色。先生为什么如此慌乱呢？"文礼回答说："明府刚到任，大德还没有显现出来，所以我这个小老百姓才会如此啊！"

【原典】

徐孺子年九岁，尝月下戏。人语之曰："若令[①]月中无物[②]，当极明邪？"徐曰："不然。譬如人眼中有瞳子，无此必不明。"

【注释】

①若令：如果。

②物：传说月亮中有兔和三条腿的蟾蜍。

【译文】

徐稚九岁时，有一次在月光下玩耍，有人对他说："如果月亮里面什么东西也没有，会更加明亮吧？"徐稚说："不是这样的。好比人的眼睛里有瞳仁，如果没有这个东西，眼睛一定看不见。"

【原典】

孔文举[①]年十岁，随父到洛。时李元礼有盛名，为司隶校尉[②]，诣[③]门者，皆俊才清称及中表亲戚乃通。文举至门，谓吏曰："我是李府君亲。"既通，前坐。元礼问曰："君与仆[④]有何亲？"对曰："昔先君仲尼与君先人伯阳有师资之尊，是仆与君奕世[⑤]为通好也。"元礼及宾客莫不奇之。太中大夫陈韪后至，人以其语语之，韪曰："小时了了[⑥]，大未必佳。"文举曰："想君小时，必当了了。"韪大踧踖[⑦]。

【注释】

①孔文举：孔融，字文举，鲁人，是汉代末年的名士、文学家。献帝时任北海相，时称孔北海。曾多次反对曹操，被曹燥借故杀害。是建安七子之一。

②李元礼：李膺。司隶校尉：官名，西汉武帝设。

③诣：到。

④仆：谦称。

⑤奕世：累世，一代接一代。

⑥了了：聪明伶俐，明白事理。

⑦踧踖（cù jí）：局促不安的样子。

【译文】

孔融十岁时，随他父亲到洛阳。当时李膺有很高的名望，任司隶校尉，登门拜访的人都必须是名望之士和亲属，才能通报进门。孔融来到他家，对掌门官说："我是李府君的亲戚。"经通报后，入门就坐在了前面。李膺问道："您和我有什么亲戚关系呢？"孔融回答道："古时候我的祖先仲尼曾经拜您的祖先伯阳为师，这样看来，我和您就是世代通家之好了。"李膺和宾客们无不对孔融的话感到惊奇。太中大夫陈韪来得晚一些，别人就把孔融的应对告诉他，陈韪说："小时候聪明伶俐，长大了未必出众。"孔融应声说："您小时候想必是很聪明的了。"陈韪听了，感到非常尴尬。

【原典】

孔文举有二子，大者六岁，小者五岁。昼日父眠，小者床头盗酒饮之。大儿谓曰："何以不拜①？"答曰："偷，那得行礼！"

【注释】

①何以不拜：酒是礼仪中必备的东西，所以大儿说饮酒前要拜（行礼）。下文小儿以为偷东西就不合乎礼，而拜是一种表敬意的礼节，所以不能拜。

【译文】

孔融有两个儿子，大的六岁，小的五岁。有一天孔融白天睡觉，小儿子就到床头偷酒来喝。大儿子说："为什么不先行礼就喝酒呢？"小儿子回答道："偷来的，哪能行礼呢！"

【原典】

孔融被收，中外①惶怖。时融儿大者九岁，小者八岁。二儿故琢钉戏，了无遽②容。融谓使者曰："冀罪止于身，二儿可得全不？"儿徐进曰："大人岂见覆巢之下，复有完卵乎？"寻③亦收至。

【注释】

①孔融被收：孔融为人恃才负气，多有与传统儒家观点相左的言论，建安十三年被曹操杀害，株连全家。中外：指朝廷内外。

②琢钉戏：古时一种儿童游戏。了：完全。遽：惊慌。

③寻：不久。

【译文】

孔融被捕，朝廷内外都很惊慌惧怕。当时，孔融的大儿子九岁，小儿子八岁，两个孩子依旧在玩琢钉戏，完全没有恐惧的样子。孔融对前来逮捕他的人说："希望惩罚只限于我自己，两个孩子能不能保全性命呢？"这时，儿子从容地上前说："父亲难道看见过倾覆的鸟巢下面还有完整的蛋吗？"不久他们也被逮捕了。

【原典】

颍川太守髡陈仲弓[①]。客有问元方："府君何如？"元方曰："高明之君也。""足下家君何如？"曰："忠臣孝子也。"客曰："《易》称：'二人同心，其利断金；同心之言，其臭如兰[②]。'何有高明之君而刑忠臣孝子者乎？"元方曰："足下言何其谬也！故不相答。"客曰："足下但因伛[③]为恭，而不能答。"元方曰："昔高宗放孝子孝己[④]，尹吉甫放孝子伯奇[⑤]，董仲舒放孝子符起。唯此三君，高明之君；唯此三子，忠臣孝子。"客惭而退。

【注释】

①髡（kūn）：古代一种剃去男子头发的刑罚。陈仲弓：陈寔。

②"二人同心"四句：出自《周易·系辞上》。

③伛：驼背。

④孝己：殷代君主高宗武丁的儿子，他侍奉父母最孝顺，后来高宗受后妻的迷惑，把孝己放逐致死。伯奇：周代的卿士（王朝执政官）、尹吉甫的儿子，侍奉后母孝顺，却受到后母诬陷，被父亲放逐。

⑤尹吉甫放孝子伯奇：尹吉甫，周宣王大臣。伯奇：尹吉甫之子。

【译文】

颍川太守对陈寔施以髡刑。有人问陈纪："颍川太守这个人怎么样？"陈纪说："是个高明的府君。"又问："您父亲怎么样？"陈纪说："是忠臣孝子。"客人说："《周易》上说：'两个人同一条心，就像一把钢刀，锋利的刀刃能斩断金属；两个人心意相投的话，它的气味像兰花一样芳香。'那么，怎么会有高明的府君惩罚忠臣孝子的事呢？"陈纪说："您的话是何等的荒谬啊！因此我不回答你。"客人说："您不过是拿驼背当作恭敬，其实是不能回答。"陈纪说："从前高宗放逐了孝子孝己，尹吉甫放逐了孝子伯奇，董仲舒放逐了孝子符起。这三个做父亲的，恰恰都是高明的人；这三个做儿子的，恰恰都是忠臣孝子。"客人听后惭愧地走了。

【原典】

荀慈明[①]与汝南袁阆相见，问颍川人士，慈明先及诸兄。阆笑曰："士但可因亲旧而已乎？"慈明曰："足下相难[②]，依据者何经？"阆曰："方问国士[③]，而及诸兄，是以尤[④]之！"慈明曰："昔者祁奚[⑤]内举不失其子，外举不失其仇，以为至公。公旦《文王》之诗，不论尧、舜之德而颂文、武者，亲亲[⑥]之义也。《春秋》之义，内其国而外诸夏。且不爱其亲而爱他人者，不为悖德乎？"

【注释】

①荀慈明：荀爽。

②难：责问。

③方：方才。国士：全国推崇的才德之士。

④尤：责怪。

⑤祁奚：春秋时代晋国人，任中军尉。祁奚告老退休，晋悼公问他接班人的人选，他推荐了他的仇人解狐。刚要任命，解狐却死了。晋悼公又问祁奚，祁奚推荐自己的儿子祁午。大家称赞祁奚能推荐有才德的人。

⑥亲亲：热爱亲人。前面的亲作动词用。

【译文】

荀爽和袁阆见面时，袁阆问起颍川郡有哪些才德之士，荀爽首先提到自己的几位兄长。袁阆讥笑他说："才德之士只限于与你有亲属关系的人吗？"荀爽说："您责难我，依据什么经典呢？"袁阆说："我刚才问一国的才德之士，你却谈自己的诸位兄长，因此我才责怪你呀！"荀爽说："古时祁奚在推荐人才时，对内不回避自己的儿子，对外不忽视自己的仇人，人们认为他是最公正无私的。周公作《文王》时，不去叙说远古帝王尧和舜的德政，只歌颂周文王、周武王，这是符合爱亲人这一大义的。《春秋》义理是把周王室看成亲人，把诸侯看成外人。况且不爱自己的亲人而爱别人的人，难道不是违反了道德准则吗？"

【原典】

祢衡被魏武谪[1]为鼓吏，正月半试鼓。衡扬枹为《渔阳掺挝》[2]，渊渊有金石声，四坐为之改容。孔融曰："祢衡罪同胥靡[3]，不能发明王之梦。"魏武惭而赦之。

【注释】

①祢（mí）衡（173-198）：字正平，平原人。魏武：曹操，初封魏王，死后溢武。谪：降职。

②枹（fú）：鼓槌。渔阳掺挝：鼓曲名，也作渔阳参挝。挝：鼓槌。此曲为祢衡所创，取名渔阳，是借用东汉时彭宠据渔阳反汉的故事。彭宠据幽州渔阳反，攻陷蓟城，自立为燕王，后被手下人杀死。祢衡击此鼓曲，有讽刺曹操反汉的意思。

③胥靡：指服劳役的囚徒。

【译文】

祢衡被曹操贬为击鼓的小吏，正月十五这天大会宾客的时候要试鼓。祢衡挥动鼓槌奏《渔阳掺挝》曲，鼓声深沉，有金石之音，满座的人都为之动容。孔融说："祢衡的罪和那个傅说相同，却不能引发您的求贤之梦。"曹操听了很惭愧，就赦免了祢衡。

【原典】

南郡庞士元闻司马德操[1]在颍川，故[2]二千里候之。至，遇德操采桑，士元从车中谓曰："吾闻丈夫处世，当带金佩紫[3]，焉有屈洪流之量，而执丝妇之事。"德操曰："子且下车。子适知邪径[4]之速，不虑失道之迷。昔伯成耦耕[5]，不慕诸侯之荣；原宪桑枢[6]，不易有官之宅。何有坐则华屋，行则肥马，侍女数十，然后为奇？此乃许、父[7]所以慷慨，夷、齐[8]所以长叹。虽有窃秦之爵，千驷之富[9]，不足贵也。"士元曰："仆生出边垂，寡见大义。若不一叩洪钟、伐雷鼓，则不识其音响也。"

【注释】

①庞士元：庞统，字士元，东汉末襄阳人，曾任南郡功曹，

年轻时曾去拜会司马德操，德操很赏识他，称他为凤雏。后从刘备。司马德操：司马徽，字德操。曾向刘备推荐诸葛亮和庞统。

②故：特地。

③带金佩紫：带金印佩紫绶带，指做大官。绶带：就是丝带，是用来挂金印的。秦汉时，丞相等大官才有金印紫绶。

④适：但，仅仅。邪径：斜径，小路。

⑤伯成：伯成子高。据说尧做君主时，伯成子高封为诸侯。后来禹做了君主，伯成认为禹不讲仁德，只讲赏罚，就辞去诸侯，回家种地。耦耕：古代的一种耕作方法，即两人各扶一张犁，并肩而耕。后泛指务农。

⑥原宪：孔子弟子，字子思。孔子死后原宪隐居，蓬户褐衣蔬食，不改其乐。桑枢：用桑条编成的门。

⑦许、父：许由、巢父。

⑧夷、齐：伯夷、叔齐。

⑨千驷之富：古代一辆车套四匹马，因称四匹马拉的车为驷，也称一乘。

【译文】

南郡庞统听说司马徽住在颍川，特意从两千里外去拜访他。到了那里，遇上司马徽在采桑叶，庞统就在车里对司马徽说："我听说大丈夫处世，就应该做大官，哪有委屈自己宏达的志向去做蚕妇的事！"司马徽说："您请下车来。您只知道走小路快，却没有想到会迷路。古代伯成子高宁愿回家种地，也不羡慕做诸侯的荣耀；原宪宁愿住在破屋里，也不愿换住达官的大宅。哪里有住就要住在豪华的宫室里，出门就必须骑高头大马，左右要有几十个婢妾侍候，然后才算是与众不同的呢？这正是隐士许由、巢父慷慨辞天下的原因，也是清廉之士伯夷、叔齐长叹的来由。就算有吕不韦那样的官爵，有齐景公那样的富有，也是不值得尊敬的。"庞统说："我出生在边远偏僻的地方，很少见识大道理。如果不是今天敲击一下大钟、雷鼓，也还不知道您的见识啊。"

【原典】

刘公干以失敬罹[①]罪。文帝问曰：“卿何以不谨于文宪[②]？”桢答曰：“臣诚庸短，亦由陛下网目[③]不疏。”

【注释】

①刘公干：刘桢，字公干，著名诗人，建安七子之一，其五言尤负盛名，后人将其与曹植并举。罹：遭受。

②文宪：法纪。

③网目：法网。

【译文】

刘桢因为失敬而获罪。曹丕问他：“你为什么不遵纪守法呢？”刘桢回答说：“臣确实平庸浅陋，但也是由于陛下法网不够稀疏的缘故。”

政事第三

“自古安危关政事，随时忧喜到樵渔。零陵併起扶颠手，九庙无归计莫疏。”进退皆以“政事”，实乃古代读书中之要旨也。

【原典】

陈仲弓为太丘长，时吏有诈称母病求假。事觉，收[1]之，令吏杀焉。主簿请付狱考众奸[2]，仲弓曰："欺君不忠，病母不孝；不忠不孝，其罪莫大。考求众奸，岂复过此？"

【注释】

①收：逮捕。

②众奸：众多犯罪事实。

【译文】

陈寔任太丘县县令时，有个小官吏假称母亲有病请假，事情被发觉，陈寔就逮捕了他，并命令狱吏处死他。主簿请求交给诉讼机关查究其他犯罪事实，陈寔说："欺骗长官就是不忠，诅咒母亲生病就是不孝；不忠不孝，没有比这个罪状更大的了。查究其他罪状，难道还能超过这件吗！"

【原典】

陈仲弓为太丘长，有劫贼杀财主，主者捕之。未至发所，道闻民有在草不起子[1]者，回车往治之。主簿曰："贼大，宜先按讨[2]。"仲弓曰："盗杀财主，何如骨肉相残！"

【注释】

①在草不起子：指生了孩子不肯养育。在草：指临产分娩。

②按讨：查验惩处。

【译文】

陈寔任太丘县县令时，有强盗劫财害命，主管官吏捕获了强盗。陈寔前去处理，还没到出事地点，半路上听说有家老百姓生下孩子不肯养育，便掉头去处理这件事。主簿说："杀人事大，应该先查办。"陈寔说："强盗劫财杀人，怎么比得上骨肉相残这件事重大！"

【原典】

陈元方年十一时，候袁公。袁公问曰："贤家君[①]在太丘，远近称之，何所履行[②]？"元方曰："老父在太丘，强者绥[③]之以德，弱者抚之以仁，恣其所安，久而益敬。"袁公曰："孤往者尝为邺令，正行此事。不知卿家君法孤，孤法卿父？"元方曰："周公、孔子，异世而出，周旋动静[④]，万里如一。周公不师孔子，孔子亦不师周公。"

【注释】

①贤家君：对对方父亲的敬称。

②何所履行：所履行音何，执行的是什么。

③绥：安抚。

④周旋：指应酬、揖让一类礼节活动。动静：行止，行动。

【译文】

陈纪十一岁时，去拜候袁公。袁公问他："令尊在太丘县任职时，远近的人都称颂他，他是怎么治理的呢？"陈纪说："家父在太丘时，对强者就用恩德来安抚他，对弱者就用仁爱来抚慰他，放手让他们安居乐业，时间久了，人们就更加敬重他。"袁公说："我过去曾经做过邺县县令，正是用的这种办法。不知道是你父亲效法我呢，还是我效法你父亲？"陈纪说："周公和孔子生在两个不同的时代，他们的礼仪举止，虽然相隔很远也如出一辙。周公没有效法孔子，孔子也没有效法周公。"

【原典】

贺太傅[①]作吴郡，初不出门。吴中诸强族[②]轻之，乃题府门云："会稽鸡，不能啼。"贺闻，故出行，至门反顾，索笔足之曰："不可啼，杀吴儿。"于是至诸屯邸[③]，检校诸顾、陆役使官兵及藏逋亡[④]，悉以事言上，罪者甚众。陆抗时为江陵都督，故下请孙皓，然后得释。

【注释】

①贺太傅：贺邵，字兴伯，会稽郡山阴县人，三国时吴国人，任吴郡太守，后升任太子太傅。

②吴中：吴郡的政府机关在吴，即今江苏省吴县，也称吴中。强族：豪门大族。

③屯邸：当时吴地世家子弟多带兵屯戍在外，而他们的居舍却在吴郡，故称为屯邸。

④检校：查核，考察。顾、陆：顾雍、陆逊家族。顾雍曾为相掌朝政，陆逊曾为将掌兵权。

【译文】

贺邵任吴郡太守时，到任之初，足不出户。吴中所有豪门士族都轻视他，竟在官府大门写上“会稽鸡，不能啼”的字样。贺邵听说后，故意出门，走出门口，回过头来看，并且要来笔补上两句：“不可啼，杀吴儿。”贺邵于是到各大族的庄园查核顾姓、陆姓家族奴役官兵和窝藏逃亡户口的情况，然后把事情本末全部报告朝廷，因此获罪的人非常多。当时陆抗正任江陵都督，为此特意往建业向孙皓求情，这才得以赦免。

【原典】

山公以器重朝望①，年逾七十，犹知管时任②。贵胜年少若和、裴、王之徒③，并共言咏。有署阁柱曰：“阁东有大牛，和峤鞅，裴楷鞦，王济剔嬲④不得休。”或云潘尼⑤作之。

【注释】

①山公：山涛。朝望：在朝廷中有声望。

②知管：主持掌管。知：主持。时任：指山涛担任吏部尚书，亲自主持官员的任免之事。

③贵胜年少：显贵并年轻者。和：和峤。裴：裴楷。王：王济。

④剔嬲（niǎo）：纠缠。

⑤潘尼：字正叔，潘岳之侄。他在山涛死后才入朝为官，似

不可能作此。

【译文】

山涛在朝廷中有威望而受到器重，年纪已过七十岁，还照旧担当重任。一些权贵家子弟，如和峤、裴楷、王济等人都一起给他歌功颂德。有人在官署的柱子上题道："官署东边有大牛，和峤是牛颈上的鞅，裴楷是牛后部的鞦，王济在中间纠缠不得休。"有人说这是潘尼写的。

【原典】

贾充[1]初定律令，与羊祜共咨太傅郑冲[2]。冲曰："皋陶严明之旨，非仆暗懦所探。"羊曰："上意欲令小加弘润。"冲乃粗下意[3]。

【注释】

①贾充（217-282）：字公闾，在魏朝任廷尉，主管诉讼刑狱。到晋武帝登位，任尚书仆射，与裴楷共定科令，制订《晋律》。

②郑冲：字文和，深研儒术和百家之言，动必循礼。魏齐王时拜司空，转司徒。晋武帝即位，拜太傅。高贵乡公时，司马昭辅政，命贾充、羊祜等分定礼仪、法令，他们都先咨询郑冲，然后才公布。

③粗下意：粗略地提出自己的意见。

【译文】

贾充当初拟定法令时，就和羊祜一起去征求太傅郑冲的意见。郑冲说："皋陶制定法令的那种严肃而公正之主旨，不是我这种愚昧软弱的人所能探究的。"羊祜说："圣上想要叫你稍加补充润色。"郑冲这才粗略地说出自己的意见。

【原典】

山司徒前后选[1]，殆周遍百官，举无失才，凡所题目[2]，皆如其言。唯用陆亮，是诏所用，与公意异，争之，不从。亮亦寻为贿败。

【注释】

①山司徒：山涛。前后选：指山涛先后两次担任选拔官员的职位。

②题目：品评。《晋书·山涛传》载，山涛两次任选职共十多年，每一官缺，就拟出几个人，由皇帝挑选。凡所奏甄拔人物，都各作品评。

【译文】

山涛前后两次任职选官，几乎考察遍了朝廷内外百官，一个人才也没有漏掉，凡是他品评过的人物，都像他所说的那样。只有一个陆亮是皇帝的命令决定的，和山涛的意见不同，山涛为这事力争过，皇帝不听。不久陆亮因为受贿而被撤职。

【原典】

嵇康被诛后，山公举康于绍为秘书丞[1]。绍咨公出处[2]，公曰："为君思之久矣。大地四时，犹有消息[3]，而况人乎？"

【注释】

①秘书丞：秘书省的属官，掌管图书典籍。

②出处：进或退，指出仕和退隐。

③消息：消长，减少和增长。山涛以为，四季也有变化，人的进退出处也应按情况而定。

【译文】

嵇康被杀以后，山涛推荐嵇康的儿子嵇绍做秘书丞。嵇绍去和山涛商量是否出仕。山涛说："我替你考虑很久了。天地间一年四季，也还有交替变化的时候，何况是人呢？"

【原典】

王安期[1]为东海郡，小吏盗池中鱼，纲纪推之。王曰："文王之囿，与众共之[2]。池鱼复何足惜！"

【注释】

①王安期：王承（275–320），字安期，太原晋阳人，累迁东海内史（在王国里，内史掌管大守职务）。

②文王之囿，与众共之：语见《孟子·梁惠王下》：周文王有个方圆七十里的园囿，人们可以到那里去打柴、打猎。

【译文】

王承任东海郡内史时，有个小吏偷了池塘中的鱼，主簿要追查这件事。王承说："周文王的猎场是和百姓共同使用的。池塘中的几条鱼又有什么值得吝惜的呢！"

【原典】

王安期作东海郡，吏录一犯夜[1]人来。王问："何处来？"云："从师家受书还，不觉日晚。"王曰："鞭挞甯越[2]以立威名，恐非致理之本。"使吏送令归家。

【注释】

①录：拘捕。犯夜：触犯夜行禁令。《晋律》禁止夜间通行。

②甯越：战国赵人，中牟人。原为农民，因为努力求学，只用了十五年即成为周威公的老师。

【译文】

王承任东海郡内史时，差役抓了一个犯宵禁的人来。王承问他："从哪里来的？"那个人回答说："从老师家学完功课回来，没想到时间太晚了。"王承听后说："处分一个像甯越那样的苦学者来树立威名，恐怕不是获得良好治理的根本办法。"便派差役送他出去，叫他回家。

文学第四

“文学纵横乃如此，故应当家有季子。时来谁能力作难，鸿雁行飞入道山。”文学，古代读书人之要害、命技也。

【原典】

郑玄在马融门[①]下，三年不得相见，高足弟子传授而已。尝算浑天[②]不合，诸弟子莫能解。或言玄能者，融召令算，一转便决，众咸骇服[③]。及玄业成辞归，既而融有“礼乐皆东”之叹，恐玄擅名而心忌焉。玄亦疑有追，乃坐桥下，在水上据屐。融果转式[④]逐之，告左右曰：“玄在土下水上而据木，此必死矣。”遂罢追，玄竟以得免。

【注释】

①郑玄（127-200）：字康成，东汉末高密（今山东省高密县）人，著名经学家，遍注群经，精通历算。马融（79-166）：字季长，东汉大经学家。

②浑天：古代的一种天体学说和天体算法。古代的天体论中有浑天说，以为天像鸟蛋，地像蛋黄，日月星辰绕南、北两极旋转。人们就用这种观点去推算日月星辰位置。

③骇服：叹服。骇：惊讶。

④转式：旋转式盘推演吉凶，是一种占卜的方法。式：通“栻”，占卜之具，类似星盘。

【译文】

郑玄在马融门下学习，过了三年也没见着马融，只是由得意弟子为他讲授罢了。马融曾用浑天算法演算，结果不相符，弟子们也没有谁能理解。有人说郑玄能演算，马融便叫他来，要他演算，郑玄一算就解决了，大家都很佩服。等到郑玄学业完成，辞别回家，马融随即有“礼乐都向东去了”的感叹，他担心郑玄会独享盛名，心里很忌恨他。郑玄也猜测马融会来追赶，便走到桥底下，抓着木屐浮在水面上。马融果然用旋转式盘占卜郑玄踪迹，然后告诉身边的人说：“郑玄在土下水上，靠着木头，这表明一定是死了。”便决定不去追赶，郑玄终于因此得免一死。

【原典】

郑玄欲注《春秋传》，尚未成。时行与服子慎[①]遇，宿客舍，先未相识。服在外车上，与人说己注《传》意，玄听之良久，多与己同。玄就车与语曰："吾久欲注。尚未了。听君向[2]言，多与吾同，今当尽以所注与君。"遂为服氏注。

【注释】

①服子慎：服虔，字子慎，任九江太守，作《春秋左氏传解谊》。

②向：刚才。

【译文】

郑玄想要注释《左传》，还没有完成。一次外出，和服虔相遇，两人住在同一个客店里。起初两人并不认识，服虔在店外的车子上和别人谈到自己注《左传》的想法，郑玄听了很久，听出服虔的见解多数和自己相同。郑玄就走到车前对服虔说道："我早就想要注《左传》，还没有完成。听了您刚才的谈论，大多和我相同，现在就把我做的注全部送给您。"于是服虔完成了《服氏注》。

【原典】

郑玄家奴婢皆读书。尝使一婢，不称旨，将挞之。方自陈说，玄怒，使人曳著[1]泥中。须臾，复有一婢来，问曰："胡为乎泥中？"答曰："薄言往愬[2]，逢彼之怒。"

【注释】

①曳著：拉到。

②"薄言"句：引自《诗经·邶风·柏舟》，意为：我去诉说，反而惹得他发火。薄言：助词，无义。

【译文】

郑玄家里的奴婢都读书。郑玄曾差遣一个婢女做事，所做的事情不合他的心意，郑玄要打她。她刚要分辩，郑玄生气了，叫人把她拉到泥里。一会儿，又有一个婢女走来，问道："为什么在泥水中？"她回答说："我去解释，反而惹得他发怒。"

【原典】

服虔既善《春秋》，将为注，欲参考[1]同异。闻崔烈[2]集门生讲传，遂匿姓名，为烈门人赁作食。每当至讲时，辄窃听户壁间。既知不能逾己，稍共诸生叙其短长。烈闻，不测何人，然素闻虔名，意疑之。明蚤往，及未寤，便呼："子慎！子慎！"虔不觉惊应，遂相与友善。

【注释】

①参考：指查阅、考察、比较等。

②崔烈：字成考，汉灵帝时官至司徒、太尉，封阳平亭侯。

【译文】

服虔对《左传》很有研究，将要给它做注释，想参考各家的异同。他听说崔烈召集学生讲授《左传》，便隐姓埋名去给崔烈的学生当佣人做饭。每到讲授的时候，他就躲在门外偷听。等他了解到崔烈超不过自己以后，便渐渐地和那些学生谈论崔烈的得失。崔烈听说后，猜不出是什么人，但他素来听到过服虔的名声，怀疑是他。第二天一大早崔烈就去拜访，趁服虔还没睡醒的时候，便突然叫道："子慎！子慎！"服虔不觉惊醒答应，从此两人结为好友。

【原典】

钟会撰《四本论》始毕，甚欲使嵇公一见。置怀中，既定，畏其难[1]，怀不敢出，于户外遥掷，便回急走。

【注释】

①难：诘责，质问。

【译文】

钟会撰著《四本论》刚刚完成，很想让嵇康看一看。他把文章揣在怀里，已经走到了嵇康的住所，又怕嵇康质疑问难，揣着不敢拿出，走到门外远远地扔进去，便转身急急忙忙地跑了。

【原典】

何晏为吏部尚书，有位望，时谈客盈坐。王弼未弱冠[1]，往见之。晏闻弼名，因条向者胜理语弼曰[2]：“此理仆以为极，可得复难[3]不？”弼便作难，一坐人便以为屈。于是弼自为客主数番，皆一坐所不及。

【注释】

①王弼（226-249）：字辅嗣，山阳人。能言善辩，是魏晋玄学的主要开创者，著有《老子注》、《周易注》、《论语释疑》等书。弱冠：古代男子到二十岁行冠礼，表示已经成人，后即指二十岁左右的年纪。

②条：分条列出。向者：以前。理：指玄理，清谈家的道家思想。

③难：驳难。

【译文】

何晏任吏部尚书时，地位声望很高，当时清谈的宾客常常满座。王弼还不满二十岁时，去拜会他。何晏听到过王弼的名声，便分条列出以前那些精妙的玄理来告诉王弼说：“这些道理我认为是玄理的最高境界了，你还能再反驳吗？”王弼便提出反驳，满座的人都觉得何晏理屈。于是王弼就自问自答，反复几次下来，他所谈的玄理都是在座的人赶不上的。

【原典】

何平叔[1]注《老子》始成，诣王辅嗣[2]，见王注精奇，乃神伏，曰：“若斯人，可与论天人之际矣！”因以所注为《道》、《德》二论。

【注释】

①何平叔：即何晏。

②王辅嗣：即王弼。

【译文】

何晏注《老子》才完成，就去拜会王弼，看见王弼的《老子注》见解精微独到，于是非常佩服，说："像这个人，可以和他讨论天人关系的问题了！"于是把自己所注的《老子》改写成《道》、《德》两论。

【原典】

王辅嗣弱冠诣裴徽[①]，徽问曰："夫无[②]者，诚万物之所资，圣人莫肯致言，而老子申之无已，何邪？"弼曰："圣人体无，无又不可以训[③]，故言必及有；老、庄未免于有，恒训其所不足。"

【注释】

①裴徽：字文季，魏河东闻喜人，官至冀州刺史。

②无："无"和"有"是道家的两个哲学范畴。《老子》四十章说："天下万物生于有，有生于无。"无就是道，它没有任何物质的内容和属性，是一种精神性的东西。从无产生出始初的物质，这就是有，然后进一步产生万物。王弼也是主张"凡有皆始于无"的。

③训：能释词意。

【译文】

王弼年轻时去拜访裴徽，裴徽问他："所谓'无'是万物的根源，可是圣人不肯对它发表意见，老子却反复地陈述它，这是为什么？"王弼说："圣人认为无是本体，可是无又不能解释清楚，所以言谈间必定涉及'有'；老子、庄子也免不了说到'有'，所以要经常去解释那个还掌握得不充分的'无'。"

【原典】

傅嘏[①]善言虚胜，荀粲[②]谈尚玄远。每至共语，有争而不相喻。裴冀州释二家之义，通彼我之怀，常使两情皆得，彼此俱畅。

【注释】

①傅嘏（209-255）：字兰硕，北地泥阳人。弱冠已知名于世，为司空陈群辟为掾。

②荀粲：字奉倩，魏颍川颍阴人。荀彧幼子，好老庄之言。

【译文】

傅嘏擅长谈论玄虚之理，荀粲清谈崇尚玄远。每当两人在一起谈论的时候，常常发生争论，却又互不理解。裴徽能够解释清楚两家的道理，沟通彼此的心意，常使双方都感到满意，彼此都能通晓。

【原典】

何晏注《老子》未毕，见王弼自说注《老子》旨，何意多所短，不复得作声，但应诺诺[1]。遂不复注，因作《道德论》。

【注释】

①诺诺：连声答应，表示同意。

【译文】

何晏注释《老子》还没完成时，一次听王弼谈起自己注释《老子》的要旨，对比之下，何晏的见解很多地方有欠缺，何晏不敢再开口，只是连声答应“是是”。于是不再注释下去，便另写《道德论》。

方正第五

“自昔保方正，顾尝无妄私。顺和固鄙分，全守真常规。”方正，古之君子美德之要害也。

【原典】

陈太丘与友期行[1]，期日中[2]。过中不至，太丘舍去，去后乃至。元方时年七岁，门外戏。客问元方："尊君在不[3]？"答曰："待君久不至，已去。"友人便怒，曰："非人哉！与人期行，相委而去[4]！"元方曰："君与家君期日中。日中不至，则是无信；对子骂父，则是无礼。"友人惭，下车引之。元方入门不顾。

【注释】

①陈太丘：陈寔。期：约定时间。
②日中：日到中天，中午。
③尊君：尊称对方的父亲。
④委：抛弃，舍弃。

【译文】

陈寔和朋友约好一同外出，约定中午出发，过了中午，朋友还没有来，陈寔不管他，自己走了，走后那位朋友才到。当时陈寔儿子陈纪才六岁，正在门外玩耍。来客问陈纪："令尊在家吗？"陈纪回答说："家父等了您很久，见您不来，已经走了。"那位朋友便生起气来，说道："真不是人呀！和别人约好一起走，却扔下别人不管，自己走了！"陈纪说："您是跟家父约定中午走的，到了中午还不来，这就是不守信用；对着人家的儿子骂人家的父亲，这是不讲礼貌。"那位朋友听了很惭愧，就下车来招呼他。陈纪掉头回家去，再也不回看一眼。

【原典】

南阳宗世林[1]，魏武同时，而甚薄[2]其为人，不与之交。及魏武作司空，总朝政，从容问宗曰："可以交未？"答曰："松柏之志犹存。"世林既以忤旨见疏[3]，位不配德。文帝兄弟每造其门[4]，皆独拜床下。其见礼如此。

【注释】

①宗世林：宗承，字世林，以德行为世所重。曹操年轻时，

想和他结交，遭到拒绝。

②薄：轻视，看不起。

③见疏：被疏远。曹操后来只是在礼节上厚待宗世林，但是压低他的官职。

④文帝兄弟：指曹操的儿子曹丕、曹植等。曹丕为魏文帝。造：前往，到。

【译文】

南阳郡人宗承，和曹操同时代的人，他很瞧不起曹操的为人，不肯和曹操结交。曹操做了司空，总揽朝廷大权的时候，曾经委婉地问宗承："现在可不可以结交呢？"宗承回答说："我松柏一样的意志还没有变。"宗承因为不合曹操心意被疏远以后，官职很低，和他的德行不相配。但是曹丕兄弟每次登门拜访，都是以晚辈的身份，特别在他的坐榻前行拜见礼。他就是这样地受尊敬。

【原典】

魏文帝受禅①，陈群有戚容②。帝问曰："朕应天受命③，卿何以不乐？"群曰："臣与华歆④服膺先朝，今虽欣圣化，犹义形于色⑤。"

【注释】

①受禅：接受禅让帝位，指曹丕登位称帝。公元220年农历正月，曹操死，其子曹丕继位为汉丞相；十月，曹丕废汉献帝为山阳公，自称皇帝。

②陈群：字长文。东汉末，曹操召他为司空西曹椽属，后迁御少中丞曹丕即帝位后，迁尚书令。

③应天受命：指登帝位。帝王都认为自己是顺应天意、接受天命而登位的。

④华歆：字子鱼，曹操召他为议郎，后任尚书令、御史大夫。建安十九年（公元214年）禀承曹操意旨领兵入宫收杀皇后伏氏，灭其族。曹丕即帝位后，迁为司空。

⑤义形于色：不忘旧主之情现于神色。

【译文】

魏文帝称帝，陈群面带愁容。文帝问他："朕顺应天命即帝位，你为什么不高兴？"陈群回答说："臣和华歆铭记先朝，现在虽然欣逢盛世，但是怀念故主恩义的心情还是不免要流露出来。"

【原典】

郭淮[①]作关中都督，甚得民情，亦屡有战庸[②]。淮妻，太尉王凌[③]之妹，坐凌事，当并诛。使者征摄[④]甚急，淮使戒装，克日[⑤]当发。州府文武及百姓劝淮举兵，淮不许。至期遣妻，百姓号泣追呼者数万人。行数十里，淮乃命左右追夫人还，于是文武奔驰，如徇[⑥]身首之急。既至，淮与宣帝[⑦]书曰："五子哀恋，思念其母。其母既亡，则无五子。五子若殒，亦复无淮。"宣帝乃表，特原淮妻。

【注释】

①郭淮：字伯济，魏朝时任雍州刺史，齐王曹芳嘉平元年（公元 249 年）迁征西将军，都督雍、凉诸军事，在关中（今陕西省地）三十多年，功绩显著。

②战庸：战功。庸：功勋。

③王凌：字彦云，三国魏太原祁人。历任司空、太尉。密谋废立，司马懿当时为魏朝大将军（晋朝时追尊为宣帝），亲自领兵讨伐他，便自杀。

④征摄：指捉拿。

⑤克日：限定时间。

⑥徇：营救。

⑦宣帝：司马懿，字仲达，魏河内温县人。魏之重臣，后杀曹爽，专国政。

【译文】

郭淮出任关中都督期间，很得民心，也多次建立过战功。郭淮的妻子，是太尉王凌的妹妹，因为王凌犯罪受株连，应当一起处死。派来逮捕她的官吏追得很急，郭淮让妻子准备好行装，限定日子就要上路。州府的文武官员和百姓都劝说郭淮起兵反抗，郭淮不同意。到期打发妻子上路，百姓嚎啕痛哭，一路跟着呼唤不舍的有几万人。走了几十里路后，郭淮到底还是叫手下人去把夫人追回来。于是文武官员飞跑传命，好像救自家性命那么急。夫人追回来以后，郭淮写了封信给宣帝司马懿说："五个孩子哀痛欲绝，恋恋不舍，思念他们的母亲。如果他们的母亲死了，我就会失去五个孩子。五个孩子如果死了，也就不再有我郭淮了。"司马懿于是上表魏帝，特赦了郭淮的妻子。

【原典】

诸葛亮之次渭滨[①]，关中震动。魏明帝深惧晋宣王战[②]，乃遣辛毗[③]为军司马。宣王既与亮对渭而陈[④]，亮设诱谲[⑤]万方，宣王果大忿，将欲应之以重兵。亮遣间谍觇[⑥]之，还曰："有一老夫，毅然仗黄钺[⑦]，当军门立，军不得出。"亮曰："此必辛佐治也。"

【注释】

①"诸葛亮"句：诸葛亮任蜀汉丞相，东联孙吴，数次北伐曹魏。公元 234 年出兵于渭水南五丈原攻魏，魏遣大将军司马懿领兵防御。蜀兵远来，利在急战，司马懿却屯兵以候其变。八月，诸葛亮死，汉兵退。次：指临时驻扎。

②魏明帝：曹睿，魏文帝曹丕的儿子。诸葛亮伐魏正是他在位的时候。晋宣王：司马懿。魏咸熙元年晋国初建，追尊他为宣王。他的孙子司马炎建立晋朝，又追尊他为宣帝。

③辛毗：字佐治，任行军司马，将军府的官员，平时总理事务，作战时负参谋之责。

④对渭而陈：隔着渭水对阵。

⑤诱谲：诱惑欺诈。

⑥觇：窥视，察看。

⑦黄钺：用黄金装饰的斧，是帝王赐给主管征伐的重臣的。这里表明辛毗奉命监军。

【译文】

诸葛亮屯兵在渭水之滨的时候，关中为之震动。魏明帝非常害怕司马懿出战，便派辛毗去担任军司马。司马懿和诸葛亮隔着渭水列成阵势以后，诸葛亮千方百计地设法诱骗他出战，他果然非常愤怒，就打算用重兵来应战。诸葛亮派间谍去侦察他的行动，间谍回来汇报说："有一个老人拿着金斧，坚定地面对军营门口站着，军队都出不来。"诸葛亮说："这一定是辛佐治了。"

【原典】

夏侯玄[1]既被桎梏，时钟毓[2]为廷尉，钟会[3]先不与玄相知，因便[4]狎之。玄曰："虽复刑馀之人，未敢闻命。"考掠初无一言，临刑东市[5]，颜色不异。

【注释】

①夏侯玄（209-254）：字太初，魏齐王曹芳时任太常，为九卿之一，主管礼仪祭祀之事。当时司马师以大将军辅政，后中书令李丰因司马师专权，密谋以夏侯玄代替他，事泄，李丰被杀，夏侯玄被捕交廷尉审理，随后被杀。

②钟毓：魏太傅钟繇长子。

③钟会：钟毓的弟弟。

④因便：顺便，乘机。

⑤东市：行刑的地方，法场。汉代在长安东面的市场行刑，故后代通称法场为东市。

【译文】

夏侯玄被逮捕戴上脚镣手铐之后，当时钟毓任廷尉，他弟弟钟会先前和夏侯玄不相交好，这时趁机羞辱夏侯玄。夏侯玄说："我虽然是罪人，也不敢遵命。"虽然经受刑讯拷打，始终不出一声，临到解赴法场行刑，也依然面不改色。

【原典】

夏侯泰初与广陵陈本善[1]。本与玄在本母前宴饮，本弟骞行还，径入，至堂户。泰初因起曰："可得同，不可得而杂。"

【注释】

①夏侯泰初：即夏侯太初，夏侯玄。陈本：字休元，曾任郡守、廷尉，迁镇北将军。弟弟陈骞，字休渊，当时还年轻，任中领军（掌管卫兵）。

【译文】

夏侯玄和广陵陈本是好朋友。当陈本和夏侯玄在陈本母亲面前宴饮时，陈本的弟弟陈骞从外面回来，径直进入来到堂屋门口。夏侯玄于是站起来说："我可以和志趣相同的人交往，但不能与不相投的人混杂在一起。"

【原典】

高贵乡公[1]薨，内外喧哗。司马文王问侍中陈泰曰："何以静之？"泰云："唯杀贾充以谢天下。"文王曰："可复下此不？"对曰："但见其上，未见其下[2]。"

【注释】

①高贵乡公：指曹髦（241-260），魏国皇帝，是魏文帝曹丕的孙子。未登位时封为郯县高贵乡公。大将军司马师废魏齐王曹芳后，立他为帝。他在位时，司马昭继承哥哥司马师的职位，专国政，自为相国，曹髦想除掉他，反被司马师的党羽贾充率兵杀死。

②上：指更重的处理。下：指更轻的处理。

【译文】

高贵乡公被杀，朝廷内外群情激愤，议论纷纷。司马昭问侍中陈泰："怎样才能使舆论平息下来呢？"陈泰说："只有杀掉贾充来向天下人谢罪。"司马昭说："可以不可以再考虑一个比这轻一些的处理办法呢？"陈泰回答说："我只知道有比这更重的，不知比这更轻的。"

【原典】

和峤[1]为武帝所亲重，语峙曰："东宫[2]顷似更成进，卿试往看。"还，问何如，答云："皇太子圣质如初。"

【注释】

①和峤：字长舆，任侍中，迁中书令。多次向晋武帝司马炎谈起担心太子不能继承国家大业，武帝不以为然。

②东宫：太子居住的宫室，这里用来称太子。

【译文】

和峤是晋武帝所亲近、器重的人，有一次武帝对和峤说："太子近来似乎更加成熟长进了，你试着去看看。"和峤去了回来，武帝问他怎么样，和峤回答说："皇太子资质同以前一样。"

【原典】

诸葛靓后入晋[1]，除大司马[2]，召不起。以与晋室有仇，常背洛水而坐。与武帝有旧，帝欲见之而无由，乃请诸葛妃呼靓。既来，帝就太妃间相见。礼毕，酒酣，帝曰："卿故复忆竹马之好[3]不？"靓曰："臣不能吞炭漆身[4]，今日复睹圣颜。"因涕泗百行。帝于是惭悔而出。

【注释】

①入晋：诸葛靓仕吴为右将军、大司马，吴国灭亡后，他到了晋的都城洛阳。

②除：授官，任命。大司马：官名。

③竹马之好：比喻儿童时代的交情。竹马：儿童用来当马骑的竹竿。

④吞炭漆身：比喻为父报仇，据《史记·刺客列传》载：春秋末年，晋国的大夫赵襄子灭了智伯，智伯的家臣豫让便要杀赵襄子来给智伯报仇。他用漆涂身，使身上长癞疮，以改变形貌；吞炭弄坏嗓子，使声音沙哑。毁容变音，使人不识，再去报仇。

【译文】

诸葛靓到了晋朝首都洛阳后，被任命为大司马，他不肯应召赴任。因为他和晋室有仇，常常背对洛河的方向坐着。他和晋武帝有旧交情，武帝很想见他，却又找不到缘由，就请婶母诸葛太妃招呼诸葛靓来。来后，武帝到太妃那里和他见面。行礼后喝酒，畅饮的时候，武帝问："你还记得我们小时候的交情吗？"诸葛靓说："臣不能吞炭漆身，今天又看到了圣上。"说完便涕泪交流。武帝于是既惭愧又懊悔地走了出去。

雅量第六

“卫侯不易得，余病汝知之。雅量涵高远，清襟照等夷。”雅量，将宽厚视为第一风雅之事，古之道德标准由此可见一斑。

【原典】

豫章太守顾劭，是雍[①]之子。劭在郡卒，雍盛集僚属，自围棋。外启信至，而无儿书。虽神气不变，而心了[②]其故；以爪掐掌，血流沾褥。宾客既散，方叹曰："已无延陵[③]之高，岂可有丧明之责！"于是豁情散哀，颜色自若。

【注释】

①雍：顾雍（168-243），字元叹，累迁尚书令，位至丞相，曾得到蔡邕的赞赏。

②了：明白。

③延陵：地名，这里指延陵季子。春秋时代，吴国的季札受封于此，称延陵季子。他最熟悉礼制，他儿子死后，葬丧都合乎礼。并且说："骨肉归复于土，命也。若魂气，则无不之也。"

【译文】

豫章太守顾劭是顾雍的儿子。顾劭死在任内，当时顾雍正大请同僚下属饮酒作乐，自己下围棋。外面禀报说豫章有送信人到，却没有他儿子的书信。顾雍虽然神态不变，可是心里已明白其中的缘故；他悲痛得用指甲紧掐手掌，血流出来沾湿了座褥。直到宾客散去以后，才叹气说："已经不可能有季札那样的高尚旷达了，难道可以哭瞎眼睛而受人责备吗！"于是就放开胸怀，驱散哀痛之情，神色自若。

【原典】

嵇中散[①]临刑东市，神色不变，索琴弹之，奏《广陵散》。曲终，曰："袁孝尼尝请学此散，吾靳固[②]不与，《广陵散》于今绝矣！"太学生三千人上书，请以为师，不许。文王亦寻悔焉。

【注释】

①嵇中散：嵇康。

②靳固：吝惜固执。

【译文】

嵇康在法场被处决时，神态不变，他要求给他琴，弹奏《广陵散》。弹完后说："袁孝尼曾经请求学这支曲子，我吝惜固执，不肯传给他，《广陵散》从今以后要失传了！"三千名太学生向朝廷上书，请求拜他为师，朝廷不准许。嵇康被杀后，司马昭随即也后悔了。

【原典】

夏侯太初尝倚柱作书，时大雨，霹雳破所倚柱，衣服焦然[①]，神色无变，书亦如故。宾客左右皆跌荡[②]不得往。

【注释】

①焦然：形容烧焦了。

②跌荡：指神色慌张，不能遵循礼节。

【译文】

夏侯玄曾经靠着柱子写字，当时下着大雨，雷电击坏了他靠着的柱子，衣服烧焦了，他神色不变，照样写字。宾客和随从反而都跌跌撞撞，站立不稳。

【原典】

王戎七岁，尝与诸小儿游。看道边李树多子折枝[①]，诸儿竞走取之，唯戎不动。人问之，答曰："树在道边而多子，此必苦李。"取之，信然。

【注释】

①折枝：使树枝弯曲。

【译文】

王戎七岁的时候，有一次和一些小孩儿出去游玩。他们看见路边的李树挂了很多果子，把树枝都要压断了，小孩儿们争先恐后跑去摘李子，只有王戎站着不动。别人问他，他回答说："树长在路边，还有这么多李子，这一定是苦的李子。”拿李子来一尝，果真是苦的。

【原典】

魏明帝于宣武场上断[1]虎爪牙，纵[2]百姓观之。王戎七岁，亦往看。虎承间攀栏而吼，其声震地，观者无不辟易颠仆。戎湛然[3]不动，了无恐色。

【注释】

①断：隔绝。
②纵：听凭。
③湛然：安适的样子。

【译文】

魏明帝在宣武场上把老虎的爪牙包裹起来，举行人、虎搏斗表演，任凭百姓观看。王戎当时七岁，也去观看。老虎乘机攀住栅栏大吼，吼声震天动地，围观的人都吓得退避，跌倒在地。王戎却安然不动，一点也不害怕。

【原典】

王戎为侍中，南郡太守刘肇遗筒中笺布五端[1]，戎虽不受，厚报其书。

【注释】

①筒中笺布：一种细布，卷作筒形。《晋书·王戎传》作“筒中细布五十端”。端：二丈为一端。

【译文】

王戎任侍中的时候，南郡太守刘肇送给他十丈筒中细布，王戎虽然没有受礼，却还是深情地给他写了一封回信。

【原典】

裴叔则被收[1]，神气无变，举止自若。求纸笔作书，书成，救者多，乃得免。后位仪同三司[2]。

【注释】

①收：逮捕。

②仪同三司：仪仗同于太尉、司徒、司空。这三个官职号称三公，又称三司，三公以下有“位从公”之名，仪同三司的都是位从公，即非三公却给以和三公同等的待遇。

【译文】

裴楷被逮捕时，神态不变，举动如常。要来纸笔写信给亲朋故旧，信写成后，营救他的人很多，才得以免罪。后来位至仪同三司。

【原典】

王夷甫尝属[1]族人事，经时未行[2]。遇于一处饮燕，因语之曰：“近属尊事，那得不行？”族人大怒，便举樏[3]掷其面。夷甫都无言，盥洗毕，牵王丞相臂，与共载去。在车中照镜，语丞相曰：“汝看我眼光，乃出牛背上[4]。”

【注释】

①王夷甫：王衍，字夷甫，官至太尉。属：嘱托。

②经时：指很多时间。

③樏：食盒。

④“汝看”句：牛背是挨鞭子打的地方，王夷甫自以为风采神韵优美出众，眼光也高人一头，不屑计较刚才发生的事。

【译文】

王衍曾经托族人办事，过了一段时间还没办。后来两人碰到一起吃喝，便问那位族人：“前些日子托您办的事，怎么还不去办呢？”族人非常生气，就举起食盒扔到他脸上。王衍一言不发，洗干净后，挽着王导的手臂，和他一起坐车走了。在车里王衍照着镜子，对王导说：“你看我的眼光，竟然超出牛背之上。”

【原典】

裴遐在周馥[1]所，馥设主人[2]。遐与人围棋，馥司马行酒。遇正戏，不时为饮，司马恚[3]，因曳遐坠地。遐还坐，举止如常，颜色不变，复戏如故。王夷甫问遐："当时何得颜色不异？"答曰："直是暗当故耳！"

【注释】

①周馥：字祖宣，晋汝南人。晋惠帝时为平东将军，都督扬州诸军事，因讨陈敏有功封永宁伯。后与东海王司马越交恶，元帝派将攻之，兵败，忧愤发病而死。

②设主人：准备酒肴当东道主。

③恚：恨，怒。

【译文】

裴遐在周馥家，周馥设宴请大家喝酒。裴遐和人下围棋，周馥的司马负责劝酒。裴遐正在下棋，时时要酒喝，司马很生气，便把他拽倒在地上。裴遐爬起来回到座位上，举动如常，脸色不变，照样下棋。后来王衍问他："当时怎么能做到面不改色呢？"他回答说："只不过是暗地忍受着罢了！"

【原典】

刘庆孙[1]在太傅府，于时人士多为所构[2]，唯庾子嵩纵心[3]书外，无迹可间。后以其性俭家富，说太傅令换千万，冀其有吝，于此可乘。太傅于众坐中问庾，庾时颓然已醉，帻堕几上，以头就穿取，徐答云："下官家故可有两娑千万[4]，随公所取。"于是乃服。后有人向庾道此，庾曰："可谓以小人之虑，度君子之心。"

【注释】

①刘庆孙：刘舆，字庆孙，在太傅司马越的官府中任长史。刘琨之兄，两人齐名。

②构：罗织罪状陷害人。

③纵心：放开心思，不关心时事。

④两娑千万：两三千万。娑：当时口语，即“三”之重读。

【译文】

刘舆在太傅府任职，在这期间，名人多被他构陷，只有庾敳不把心思放在世事上，使他没有空子可钻。后来因为庾敳生性吝啬而家境富裕，刘舆就劝说太傅向庾敳借千万钱，希望他表现得吝啬不肯借，在这里找到可乘之机。太傅在大庭广众之下向庾敳借钱，这时庾敳已经醉醺醺的了，头巾颓落在小桌上，他把头伸进头巾里戴上，慢吞吞地回答说：“下官家原来大约有两三千万，随您取多少。”刘舆这才真的服了。后来有人向庾敳谈起这件事，庾敳说：“这可以说是以小人之心，度君子之腹。”

识鉴第七

“学古既到古，反求鉴者难。见诗未识君，疑生建安前。”明辨优劣，知人善任，实乃行事者根本之仰仗。

【原典】

曹公少时见乔玄[1]，玄谓曰："天下方乱，群雄虎争，拨[2]而理之，非君乎！然君实乱世之英雄，治世之奸贼。恨吾老矣，不见君富贵，当以子孙相累[3]。"

【注释】

①乔玄：字公祖，曾任尚书令。

②拨：整顿。

③累：牵累。这里指把子孙托付给他照顾。

【译文】

曹操年轻时去见乔玄，乔玄对他说："天下正动荡不安，各路豪强如虎相争，能整顿治理天下的，难道不是您吗！但是您其实是乱世中的英雄，盛世中的奸贼。遗憾的是我老了，看不到您富贵那一天，我要把子孙拜托给您照顾。"

【原典】

曹公问裴潜[1]曰："卿昔与刘备共在荆州，卿以备才如何？"潜曰："使居中国，能乱人，不能为治；若乘边守险，足为一方之主[2]。"

【注释】

①裴潜：字文行，曾避乱荆州，投奔刘表，刘备也曾依附刘表，曹操指的就是这事。

②乘边：驾驭边境，即指防守边境。方：地区。

【译文】

曹操问裴潜道："你当初曾经和刘备一起在荆州共享，你认为刘备的才干怎么样？"裴潜说："如果让他治理国家，会扰乱百姓，不能得到太平；如果保卫边境，防守险要地区，就完全能够成为一个地区的首脑。"

【原典】

何晏、邓飏、夏侯玄并求傅嘏交，而嘏终不许[1]。诸人乃因荀粲说合之，谓嘏曰："夏侯太初，一时之杰士，虚心于子，而卿意怀不可；交合则好成，不合则致隙②。二贤若穆，则国之休③。此蔺相如所以下廉颇也④。"傅曰："夏侯太初，志大心劳，能合虚誉，诚所谓利口覆国⑤之人。何晏、邓飏，有为而躁，博而寡要，外好利而内无关籥⑥，贵同恶异，多言而妒前。多言多衅，妒前无亲。以吾观之，此三贤者，皆败德之人耳，远之犹恐罹祸，况可亲之邪？"后皆如其言。

【注释】

①"何晏"句：邓飏，字玄茂。何晏等三人是三国时魏人，在当时名位都很高，后来先后被司马氏杀害。傅嘏那时名位未显，看来三人不一定会追求和傅嘏结交，这里所述之事不大可靠。夏侯玄：字太初。

②致隙：产生裂痕。

③休：美善，福禄。

④"此蔺"句：蔺相如是战国时赵国人，因为完璧归赵之功拜为上卿，地位在大将廉颇之上。廉颇不服，就想羞辱他。他以国家利益为重，不愿做两虎相争之事，总是回避廉颇。廉颇听说后，负荆请罪。

⑤利口覆国：用能言善辩来倾覆国家。《论语·阳货》说："恶利口之覆邦家者。"利口：言辞锋利。

⑥关籥（yuè）：门闩，这里指检点约束。

【译文】

何晏、邓飏、夏侯玄都希望和傅嘏结交，可是傅嘏始终没有答应。他们便托荀粲去说合。荀粲对傅嘏说："夏侯太初是一代俊杰，对您很虚心，而您心里却认为不行。如果能交好，就有了情谊；如果不行，就会产生裂痕。两位贤者如果能和睦相处，是国家之福。这就是蔺相如对廉颇退让的原因啊。"傅嘏说："夏侯太初，志向很大，用尽心思去达到目的，很能迎合虚名的需要，确实是所谓的能言巧辩足以导致亡国的人。何晏和邓飏，有作为却很急躁，知识广博却不得要领，对外喜欢得到好处对自己却不加检点约束，重视和自己意见相同的人，讨厌意见不同的人，好发表意见，却忌妒超过自己的人。言多必失，会招来嫌隙，忌妒超过自己的人必定不讲情谊。依我看来，这三位贤人，都不过是败坏道德的人罢了，离他们远远的还怕遭祸，何况是去亲近他们呢？”后来的情况果然都像他所说的那样。

【原典】

晋武帝讲武于宣武场，帝欲偃武修文[1]，亲自临幸[2]，悉召群臣。山公谓不宜尔，因与诸尚书言孙、吴[3]用兵本意。遂究论[4]，举坐无不咨嗟。皆曰："山少傅[5]乃天下名言。"后诸王骄汰，轻遘[6]祸难，于是寇盗处处蚁合[7]，郡国多以无备不能制服，遂渐炽盛，皆如公言。时人以谓山涛不学孙、吴，而暗与之理会。王夷甫亦叹云："公暗与道合。"

【注释】

①偃武修文：停止武备，提倡教化。
②临幸：皇帝亲临。皇帝到某处叫“幸”。
③孙、吴：孙武、吴起，春秋时著名兵家。
④究论：详细推究论述。
⑤山少傅：山涛曾为太子少傅，故称。
⑥遘：通“构”，构成。
⑦蚁合：像蚂蚁般聚合，形容极多。

【译文】

晋武帝命令军队在宣武场练武，他想停止武备，提倡文教，所以亲自到场，并且把群臣都召集来了。山涛认为不宜这样做，便和诸位尚书谈论孙武、吴起用兵的本意。详尽地探讨，满座的人听了没有不赞叹的。大家都说："山少傅所论才是天下的名言。"后来诸王放纵、奢侈，造成灾难，于是兵匪到处像蚂蚁一样聚合起来，郡、国多数因为没有武备不能制服他们，终于逐渐猖獗、蔓延，正像山涛所说的那样。当时人们认为山涛虽然不学孙、吴兵法，可是和他们的见解自然而然地相同。王衍也慨叹道：“山公所说的和常理暗合。”

【原典】

王夷甫父乂，为平北将军，有公事，使行人论[1]，不得。时夷甫在京师，命驾见仆射羊祜、尚书山涛。夷甫时总角，姿才秀异，叙致既快、事加有理，涛甚奇之。既退，看之不辍，乃叹曰：“生儿不当如王夷甫邪？”羊祜曰：“乱天下者，必此子也。”

【注释】

①行人：指使者，奉命执行任务的人。论：陈述，这里指向上陈述。

【译文】

王衍的父亲王乂，担任平北将军，曾经有件公事，派人去上报，没办成。当时王衍在京都，就坐车去谒见尚书左仆射羊祜和尚书山涛。王衍当时还是少年，风姿才华与众不同，不但陈述意见痛快淋漓，加以事实本身又理由充分，所以山涛认为他很不寻常。他告辞后，山涛一直目不转睛地看着他，于是叹息说：“生儿子难道不该像王衍这样的吗？”羊祜却说：“扰乱天下的一定是这个人。”

【原典】

潘阳仲见王敦小时，谓曰：“君蜂目已露，但豺声未振耳[1]。必能食人，亦当为人所食。”

【注释】

①“君蜂”句：古人认为蜂目而豺声的人是残忍的人。蜂目：指像胡蜂一样的眼睛。振：扬起。

【译文】

潘滔看见王敦少年时候的样子，就对他说：“您已经露出了胡蜂一样的眼神，只是还没有嗥出豺狼般的声音罢了。你一定能吃人，也会让别人吃掉。”

【原典】

石勒[①]不知书，使人读《汉书》。闻郦食其[②]劝立六国后，刻印将授之，大惊曰："此法当失，云何得遂有天下！"至留侯[③]谏，乃曰："赖有此耳！"

【注释】

①石勒（274-333）：东晋时代后赵的君主，字世龙，羯族人，起兵反晋室，公元 319 年自称赵王，后来攻占了晋朝淮水以北大片土地。到 330 年又自称大赵天王，行皇帝事。

②郦食其：是汉高祖刘邦的谋士。楚汉之争，项羽把刘邦困在荥阳，丽食其献计大封战国时代六国的后代，想以此壮大自己的势力，阻挠项羽的扩张。刘邦马上下令刻印章，准备加封。

③留侯：张良，字子房，相传为城父人。刘邦的主要谋士。

【译文】

石勒不识字，叫别人读《汉书》给他听。他听到郦食其劝刘邦把六国的后代立为王，刘邦马上刻印，将要授予爵位时，就大惊道："这种做法会失去天下，怎能最终得到天下呢！"当听到留侯张良劝阻刘邦时，便说："幸亏有这个人呀！"

【原典】

卫玠年五岁，神衿[①]可爱。祖太保[②]曰："此儿有异，顾吾老，不见其大耳！"

【注释】

①神衿：神态，胸怀。

②祖太保：卫瓘，指卫玠的祖父卫瓘，晋武帝时官至太保。

【译文】

卫玠五岁时，神态胸怀都很可爱。祖父卫玠说："这孩子与众不同，只是我老了，看不到他将来的成就了！"

【原典】

刘越石[1]云："华彦夏[2]识能不足，强果有余。"

【注释】

①刘越石：刘琨。

②华彦夏：华轶，字彦夏，任江州刺史，甚得士人欢心，心忧天下，只因不从晋元帝命令，被害。

【译文】

刘琨说："华彦夏见识、才能不足，倔强、果敢则有余。"

【原典】

张季鹰辟齐王东曹掾[1]，在洛，见秋风起，因思吴中菰菜羹，鲈鱼脍[2]，曰："人生贵得适意尔[3]，何能羁宦[4]数千里以要名爵！"遂命驾便归。俄而齐王败，时人皆谓为见机。

【注释】

①张季鹰：张翰，字季鹰，吴郡吴人。他在洛阳当官，看到当时战乱不断，就借想吃家乡名菜为由，弃官归家。齐王：司马冏，封为齐王。晋惠帝时任大司马，辅政，日益骄奢。公元302年，在诸王的讨伐中被杀。东曹：官名。主管二千石长史的调动等事。辟：征召。

②菰菜：茭白。鲈鱼脍：鲈鱼切片或切碎做的菜。

③尔：罢了，而已。

④羁宦：寄居在外地做官。

【译文】

张翰调任齐王的东曹属官，在首都洛阳，他看见秋风起了，便想吃老家吴中的茭白和鲈鱼脍，说道："人生可贵的是能够顺心罢了，怎么能为了求得名位而在数千里外做官呢！"于是坐上车就南归了。不久齐王败死，当时人们都认为他能见微知著。

赏誉第八

“徐陈尝并作，枚马亦同时。各负当朝誉，俱承明主私。留台少人务，方驾递寻追。涉玩怀同赏，沾芳忆共持。”古代读书人以名誉为第一，无论口头称赞还是物质奖励，“誉”皆是核心。

【原典】

陈仲举尝叹曰[1]：“若周子居者[2]，真治国之器。譬诸宝剑，则世之干将[3]。”

【注释】

①陈仲举：陈蕃。

②周子居：周乘，字子居，东汉人，官至泰山太守。

③干将：宝剑名。传说吴王阖闾叫吴人干将铸剑，后来铸成两剑，雄剑叫干将，雌剑叫莫邪。

【译文】

陈蕃曾经赞叹说：“像周子居这样的人，是真有治国才能的人才。拿宝剑来打比方，他就是闻名于世的干将。”

【原典】

世目[1]李元礼：“谡谡[2]如劲松下风。”

【注释】

①目：品评。

②谡谡：疾风声。

【译文】

世人评论李元礼说：“他就像挺拔的松树下呼啸而过的疾风。”

【原典】

谢子微见许子将兄弟[1]，曰：“平舆之渊[2]，有二龙焉。”见许子政弱冠之时，叹曰：“若许子政者，有干国[3]之器。正色忠謇，则陈仲举之匹；伐恶退不肖，范孟博[4]之风。”

【注释】

①谢子微：谢甄，东汉召陵人，善谈论。许子将兄弟：东汉末汝南郡平舆县人。哥哥许虔，字子政；弟弟许劭，字子将。

②渊：深水。

③干国：国之栋梁。

④范孟博：范滂，字孟博，汝南郡细阳县人，也有肃清天下之志。

【译文】

谢甄看见许劭兄弟俩，便说："平舆县的深水里有两条龙呢。"他看见许虔二十来岁的样子，赞叹说："像许虔这样的人，有治国的才能。态度严正，忠诚正直，这点和陈仲举相当；打击坏人，斥退品行不端的人，这又有范孟博的风度。"

【原典】

公孙度目邴原[1]："所谓云中白鹤，非燕雀之网所能罗也。"

【注释】

①公孙度：字升济，东汉襄平人，官至辽东太守。邴原：三国时魏人，避乱到辽东，受到公孙度的礼遇。

【译文】

公孙度评论邴原说："他就是人们说的云中白鹤，不是用捕燕雀的网所能捕到的。"

【原典】

钟士季目王安丰[1]："阿戎了了[2]解人意。"谓"裴公[3]之谈，经日不竭。"吏部郎阙[4]，文帝问其人于钟会，会曰："裴楷清通，王戎简要，皆其选也。"于是用裴。

【注释】

①钟士季：钟会，字士季。王安丰：王戎，字浚冲，伐吴有功，封为安丰侯。

②阿戎：对王戎的昵称。了了：聪明懂事。

③裴公：据刘孝标注，裴公指裴頠。但是从上下文看，似应指裴頠的叔父裴楷；从《晋书》看，裴楷和钟会有关系，而裴頠

和钟会似无关联。

④阙：空缺。

【译文】

钟会评论王戎说："阿戎聪明伶俐，懂得别人的心意。"又评论说："裴公善谈，一整天也谈不完。"吏部郎这个职位空出来后，晋文帝司马昭问钟会谁是适当的人选，钟会回答说："裴楷清晰通达，王戎能掌握要领而处事简约，都是适当的人选。"于是委任裴楷。

【原典】

王濬冲、裴叔则二人总角[①]诣钟士季，须臾去，后客问钟曰："向二童何如？"钟曰："裴楷清通，王戎简要。后二十年，此二贤当为吏部尚书，冀尔时天下无滞才[②]。"

【注释】

①总角：指童年。

②滞才：被遗漏的人才。按：吏部主管官吏的任免考选。

【译文】

王戎、裴楷两人童年时拜访钟会，不久就走了。走后，有位客人问钟会："刚才那两个小孩怎么样？"钟会说："裴楷清晰通达，王戎简约扼要。二十年以后，这两位贤才会做吏部尚书。希望那时候天下没有被遗漏的人才。"

【原典】

谚曰："后来领袖有裴秀[①]。"

【注释】

①裴秀：字季彦，晋初封钜鹿公，累迁左光禄大夫、司空。是裴楷的堂兄。

【译文】

谚语说："后辈中成长起来的领袖有裴秀。"

【原典】

裴令公目夏侯太初："肃肃如入廊庙中，不修敬而入自敬[①]。"一曰："如入宗庙，琅琅但见礼乐器。""见钟士季，如观武库，但睹矛戟。见傅兰硕，江廧[②]靡所不有。见山巨源，如登山临下，幽然深远。"

【注释】

①"肃肃"句：《礼记·擅弓下》有"社稷宗庙之中，未施敬于民而民敬"。意指未使人们致敬意而人们肃然起敬，这里用其意。肃肃：形容恭敬。廊庙：指朝廷。

②江廧：同"汪翔"，《晋书·裴楷传》作"汪翔（翔、廧，音近借用）"，即汪洋，广大，浩大。

【译文】

裴楷评论夏侯玄说："看到他好像进入朝廷一样恭恭敬敬的，人们无心加强敬意，却自然会肃然起敬。"另一种说法是："好像进入宗庙之中，只看见礼器和乐器琳琅满目。"又评论说："看见钟士季，好像参观武器库，矛戟森森，全是兵器。看见傅兰硕，像是一片汪洋，浩浩荡荡，无所不有。看见山巨源，好像登上山顶往下看，幽深得很。"

【原典】

羊公[①]还洛，郭奕[②]为野王令，羊至界，遣人要之，郭便自往。既见，叹曰："羊叔子何必减[③]郭太业！"复往羊许，小悉还，又叹曰："羊叔子去人远矣！"羊既去，郭送之弥日[④]，一举数百里，遂以出境免官。复叹曰："羊叔子何必减颜子[⑤]！"

【注释】

①羊公：羊祜，字叔子，博学能文，善谈论。

②郭奕：字太业。

③减：减色，逊色。

④弥日：一整天。

⑤颜子：颜回，孔子最得意的学生。

【译文】

羊祜回到洛阳，路过野王县，当时郭奕任野王县令，羊祜到了县界，派人去请郭奕来会一会，郭奕便去了。见面后，郭奕赞叹说："羊叔子不见得不如我郭太业呢！"过后再前往羊祜住所，不多久便回去，又赞叹道："羊叔子远远超过一般人啊！"羊祜离开后，郭奕整天都送他，一送就送了几百里，终于因为出了县境被免官。他再次赞叹道："羊叔子不见得比颜子差呢！"

【原典】

王戎目山巨源："如璞玉浑金①，人皆钦其宝，莫知名其器②。"

【注释】

①璞玉浑金：未经雕琢的玉和未经提炼的金，比喻本质真纯质朴。

②名：命名。器：器重，度量。

【译文】

王戎评论山涛说："他就像是未经雕琢的玉石，人人都看重它是宝物，但就是没人能形容他的气度。"

品藻第九

“品藻开英鉴，赏音发青弹。儒林数耆旧，少监发新斑。”古代品评他人，是第一等的难事，能得到广为认可的品鉴，其影响不亚于被品鉴之人。

【原典】

汝南陈仲举、颍川李元礼[1]二人，共论其功德，不能定先后。蔡伯喈[2]评之曰："陈仲举强于犯上，李元礼严于摄下[3]。犯上难，摄下易。"仲举遂在"三君"之下，元礼居"八俊"之上[4]。

【注释】

①陈仲举：陈蕃。李元礼：李膺。

②蔡伯喈：蔡邕（132-192），字伯喈（jiē），陈留圉（今河南杞县南）人。为人通达，博学多才，通晓经史、天文各项学问，擅辞赋创作，有《述行赋》。官至中郎将，后因依附董卓被杀。

③强：指有勇气，敢。摄：整饬。

④"仲举"句：陈仲举和李元礼都是东汉人，是知名大官，地位影响不相上下，就用某一标准决其高下。当时一些人士互相标榜，给予各种称号。上等的有三人，叫三君，即窦武、刘淑、陈蕃三个为当时所崇敬的人；次一等的有八人，叫八俊，即李膺、王畅等八个才能出众的人。所谓君，指的是能做时代楷模的人；所谓俊，指的是士人中的英俊。

【译文】

汝南郡陈蕃、颍川郡李膺两人，大家一起谈论他们的功业德行，决定不了谁先谁后。蔡邕品评他们说："陈蕃敢于冒犯上司，李膺严于整饬下属。冒犯上司难，整饬下属容易。"于是陈蕃的名次就排在"三君"之后，李膺排在"八俊"之前。

【原典】

庞士元[1]至吴，吴人并友之[2]。见陆绩、顾劭、全琮[3]，而为之目曰："陆子所谓驽马有逸足之用[4]，顾子所谓驽牛可以负重致远。"或问："如所目，陆为胜邪？"曰："驽马虽精速，能致一人耳；驽牛一日行百里，所致岂一人哉？"吴人无以难。"全子好声名，似汝南樊子昭[5]。"

【注释】

①庞士元：庞统，字士元，辅佐蜀汉刘备。当吴国将领周瑜帮助刘备取荆州并兼任南郡太守时，庞统任功曹，名声很大。周瑜死后，庞统送丧到吴地。

②友之：与他交朋友。友：作动词。

③陆绩（187-219）：字公纪，吴郡吴县（今江苏苏州）人。仕吴，官至郁林太守。通天文、历算，作《浑天图》，注《易》。顾劭：字孝则，吴郡吴县（今江苏苏州）人，顾雍之子，陆绩之甥，官至豫章太守。全琮：字子黄，三国吴郡钱塘（今浙江杭州）人，官至大司马、左军师。

④驽马：劣马，跑不快的马，是对比着千里马说的。逸足：疾足，捷足。指代步。

⑤樊子昭：刘晔评论他是“退能守静，进不苟竞”的人，指闲居时能安于清静、保持节操，做官时不随便争夺。“全子”一句也是庞士元的评论。

【译文】

庞统到了吴地，吴人都和他交朋友。他见到陆绩、顾劭、全琮三人，就对他们三人下评语说：“陆绩可以说是能够用来代步的劣马，顾君可以说是能够驾车载重物走远路的笨牛。”有人问：“真像你的评语那样，是陆绩更胜一筹么？”庞统说：“劣马就算跑得很快，也只能载一个人罢了，笨牛一天能行一百里，但是所运载的又岂止一个人呢？”吴人没话反驳他。庞统又说：“全琮有很好的名声，像汝南郡樊子昭。”

【原典】

顾劭尝与庞士元宿语，问曰：“闻子名知人[①]，吾与足下孰愈[②]？”曰：“陶冶世俗，与时浮沉，吾不如子[③]；论王霸之余策，览倚仗之要害，吾似有一日之长[④]。”劭亦安其言。

【注释】

①名知人：以知人而闻名。

②愈：优，强。

③陶冶：熏陶，给予良好的影响。与时浮沉：跟着时代、世俗走，能顺应潮流。《三国志·蜀志·庞统传》注，这句作"陶冶世俗，甄综人物，吾不及卿"。

④王霸：王道和霸道，指用仁义治天下和用武力治天下的策略。余策：遗策，前代留下的策略。倚仗：一本作"倚伏"，《庞统传》注也作"倚伏"，这是对的。倚伏：互相依存、制约。《老子》五十八章说："祸兮福之所倚，福兮祸之所伏。"有一日之长：比你年纪大一天，这里指擅长些。

【译文】

顾劭曾经和庞统作过一次夜谈，他问庞统："听说您因善于鉴识人才而闻名，我和您两人谁更好些？"庞统说："移风易俗，顺应潮流，这点我比不上您；至于谈论历代帝王统治的策略，掌握事物因果变化的要害，这方面我略胜你一筹。"顾劭也认为他的话有道理。

【原典】

诸葛瑾、弟亮及从弟诞[①]，并有盛名，各在一国。于时以为蜀得其龙，吴得其虎，魏得其狗[②]。诞在魏，与夏侯玄齐名；瑾在吴，吴朝服其弘量。

【注释】

①诸葛瑾（174-241）：字子瑜，诸葛亮之兄，琅琊阳都人（今山东沂南南）人。孙权称帝后，官至大将军。亮：诸葛亮。从弟：堂弟，族弟。诞：诸葛诞，字公休，诸葛瑾的族弟，在魏担任镇东将军、司空，后因谋逆，被诛。

②"于时"句：龙、虎、狗，只是表明才智品德等级的不同，虎低于龙，狗低于虎。《尔雅·释兽》有"熊虎丑，其子狗"，狗

是熊虎幼子。

【译文】

诸葛谨和弟弟诸葛亮以及堂弟诸葛诞都享有盛名，各在一个国家任职。当时，人们认为蜀国得到了其中的龙，吴国得到了其中的虎，魏国得到了其中的狗。诸葛诞在魏国，和夏侯玄齐名；诸葛谨在吴国，吴国朝廷官员都佩服他宏大的器量。

【原典】

司马文王[①]问武陔："陈玄伯何如其父司空[②]？"陔曰："通雅博畅，能以天下声教为已任者[③]，不如也；明练简至[④]，立功立事，过之。"

【注释】

①司马文王：司马昭。

②陈玄伯：陈泰，字玄伯，其父陈群，任司空。

③通雅博畅：通达正直，渊博流畅。声教：声威和教化。

④明练简至：明察精练，简约扼要。

【译文】

晋文王司马昭问武陔："陈泰和他父亲相比，该怎样评价？"武陔说："说到通达正直，渊博流畅，能负责在全国树立君主的声威和推行教化这方面，比不上他父亲；至于明察精练，简约扼要，建功立业这方面，就超过他父亲。"

【原典】

正始中[①]，人士比论，以五荀方五陈[②]：荀淑方陈寔，荀靖方陈谌[③]，荀爽方陈纪，荀彧方陈群[④]，荀顗[⑤]方陈泰。又以八裴方八王：裴徽方王祥，裴楷方王夷甫[⑥]，裴康[⑦]方王绥，裴绰[⑧]方王澄，裴瓒[⑨]方王敦，裴遐方王导，裴頠方王戎，裴邈方王玄。

【注释】

①正始：魏齐王曹芳的年号。

②五荀：指荀淑、荀靖、荀爽、荀彧、荀顗。方：比拟。五陈：指陈寔、陈谌、陈纪、陈群、陈泰。

③荀靖：字叔慈，荀淑第三子，有才学，不就征聘。陈谌：陈寔少子，字季方。

④荀彧：字文若，荀淑之孙。陈群：字长文，陈纪之子。

⑤荀顗：字景倩，荀彧之子，三国魏时官至光禄大夫，晋时官至太尉。

⑥王夷甫：王衍。

⑦裴康：裴徽之子，字仲豫，西晋时官太子左率。

⑧裴绰：字仲舒，裴楷之弟，名气较次一等，西晋时官中书黄门侍郎。

⑨裴瓒：字国宝，裴楷之子，才气爽俊，西晋时官至中书郎。

【译文】

正始年间，知名人士对比评论人物时，拿荀氏家族中的五位和陈氏家族中的五位对比：荀淑比陈寔，荀靖比陈谌，荀爽比陈纪，荀彧比陈群，荀顗比陈泰。又拿裴氏家族中的八位和王氏家族中的八位对比：裴徽比王祥，裴楷比王衍，裴康比王绥，裴绰比王澄，裴瓒比王敦，裴遐比王导，裴頠比王戎，裴邈比王玄。

【原典】

冀州刺史杨淮二子乔与髦，俱总角为成器①。淮与裴頠、乐广友善，遣见之。頠性弘方，爱乔之有高韵②，谓淮曰："乔当及卿，髦小减③也。"广性清淳，爱髦之有神检④，谓淮曰："乔自及卿，然髦尤精出。"淮笑曰："我二儿之优劣，乃裴、乐之优劣。"论者，以为乔虽高韵，而检不匝⑤；乐言为得。然并为后出之俊。

【注释】

①杨淮：应作杨准，杨修之孙。成器：有成就的人才。

②弘方：宽宏正直。高韵：高雅的风度。

③减：不如，差。

④清淳：清廉淳厚。神检：高贵的品德修养。

⑤而检不匝：《晋书·乐广传》作“而神检不足”，检就是神检。匝：绕一圈，这里指普遍、满。

【译文】

冀州刺史杨淮的两个儿子杨乔和杨髦，都是幼年时就成名的。杨淮和裴頠、乐广两人很友好，就让两个儿子去见他们。裴頠禀性宽宏正直，所以喜欢杨乔那种高雅的风度，他对杨淮说：“杨乔将会赶上你，杨髦稍差一点。”乐广禀性清廉淳厚，所以喜欢杨髦那种高贵的品德，他对杨淮说：“杨乔自然能赶上你，可是杨髦更会高出一头。”杨淮笑道：“我两个儿子的长处和短处，就是裴頠、乐广的优劣。”评论家评论这两人的看法，认为杨乔虽然风度高雅，可是品德修养还不够完美，还是乐广的话说对了。不过两个孩子都是后起之秀。

【原典】

刘令言[①]始入洛，见诸名士而叹曰：“王夷甫太解明[②]，乐彦辅[③]我所敬，张茂先[④]我所不解，周弘武[⑤]巧于用短，杜方叔[⑥]拙于用长。”

【注释】

①刘令言：刘讷，字令言，晋彭城（今江苏徐州）人，官司隶校尉。

②解明：精明。《晋书·刘讷传》此句作“王夷甫太鲜明”（鲜明：义同精明）。《晋书·王衍传）说王衍（字夷甫）“有盛才美貌，明悟若神”，这大概就是鲜明的内容。

③乐彦辅：乐广。

④张茂先：张华。

⑤周弘武：周恢字弘武，晋汝南（在今河南）人。

⑥杜方叔：杜育，字方叔，晋襄城邓陵（在今河南）人。幼号“神童”，官至国子祭酒。

【译文】

刘讷初到洛阳，见到诸多名士，就感慨说："王衍过于精明，乐广是我所崇敬的人，张华是我所不理解的人，周恢能巧妙地使用自己的短处，杜育则不善于发挥自己的长处。"

【原典】

王夷甫云："闾丘冲优于满奋、郝隆[1]。此三人并是高才，冲最先达[2]。"

【注释】

①郝隆：《晋书·郗隆传》作"郗隆"，字弘始，官至扬州刺史。

②先达：优秀显贵。

【译文】

王夷甫说："闾丘冲胜过满奋和郝隆。这三个人同是优秀人才，闾丘冲是其中最优秀显贵的。"

【原典】

王夷甫以王东海比乐令，故王中郎作碑云[1]："当时标榜，为乐广之俪[2]。"

【注释】

①王东海：王承，字安期，曾任东海郡太守。王中郎：王坦之，曾任北中郎将，王承的孙子。

②标榜：赞扬，宣扬。俪：成对的。

【译文】

王衍拿东海太守王承来和尚书令乐广并列，所以北中郎将王坦之给王承写的碑文上说："当时称扬他和乐广齐名。"

【原典】

庾中郎与王平子雁行[1]。

【注释】

①庾中郎：庾敳（ái），字子嵩，曾任太傅从事中郎。雁行：飞雁的行列，指如飞雁一样并列有序、同等。王衍曾评论说："阿平第一，子嵩第二，处仲第三。"可是庾子嵩以为王平子和王处仲比不上自己。后来王平子、王处仲一死一败，只有庾子嵩名声依旧。

【译文】

从事中郎庾敳和王澄并列。

【原典】

王大将军在西朝时，见周侯辄扇障面不得住[①]。后度江左，不能复尔[②]。王叹曰："不知我进，伯仁退？"

【注释】

①"王大"句：沈约《晋书》载："周顗，王敦素惮之，见辄面热，虽复腊月，亦扇面不休。其惮如此。"所记和这里稍有不同。"辄扇障面"疑即辄扇面，障字是衍文。王敦在洛阳时畏惧周顗，过江后逐渐踌躇满志，就不再怕了。西朝：指晋室还没有南渡的时代，即西晋时代。

②尔：如此。

【译文】

大将军王敦在西晋时期，每次见到武城侯周顗，总止不住要拿扇子遮住脸。后来到了江南，就不再这样了。王敦叹道："不知是我有了长进，还是伯仁退步了呢？"

规箴第十

“远继周南美，弥旌拱北思。雄方垂朴略，后辈仰箴规。”规矩、礼法既是对人的一种约束，也是君子的美德之一。

【原典】

汉武帝乳母尝于外犯事，帝欲申宪，乳母求救东方朔[1]。朔曰："此非唇舌[2]所争，尔必望济[3]者，将去时，但当屡顾[4]帝，慎勿言。此或可万一冀[5]耳。"乳母既至，朔亦侍侧，因谓曰："汝痴耳！帝岂复忆汝乳哺时恩邪？"帝虽才雄心忍，亦深有情恋，乃凄然愍之，即敕免罪[6]。

【注释】

①"汉武帝"句：汉武帝奶妈的子孙在京都长安横行霸道，官司奏请把奶妈流放到边远地区，武帝批准了。汉武帝：刘彻（前156－前87），西汉第五代皇帝，在位五十四年，对内进行了多次中央集权改革，对外打击匈奴，对汉王朝的统一巩固和政权稳定有重大作用。申宪：申明法令，指执行法令。东方朔：汉武帝时任侍中。

②唇舌：指言辞。

③济：成功。

④顾：回头看。

⑤冀：希望。

⑥心忍：心狠。凄然：形容悲伤。愍：怜悯。

【译文】

汉武帝的乳母曾经在外面犯了罪，武帝将要按法令治罪，于是乳母去向东方朔求救。东方朔说："这不是靠唇舌能争得来的事，你如果一定想要把事办成的话，临走时，只是频频回头看，千万不要说话。这样也许能有万一的希望呢。"乳母来辞行时，东方朔也陪侍在武帝身边，乳母照东方朔所说频频回顾武帝，东方朔就对她说："你真愚蠢呀！皇上难道还会想起你喂奶时的恩情吗？"武帝虽然才智出众，心肠刚硬，但对乳母不免仍有深切的依恋之情，就悲伤地怜悯起乳母来，立刻下令撤免她的罪。

【原典】

京房[1]与汉元帝共论，因问帝："幽、厉之君[2]何以亡？所任何人？”答曰：“其任人不忠。”房曰：“知不忠而任之，何邪？”曰：“亡国之君各贤其臣，岂知不忠而任之？”房稽首白：“将恐今之视古，亦犹后之视今也[3]。”

【注释】

①京房：字君明，汉元帝时以孝廉为郎（皇帝的侍从官）。

②幽、厉之君：厉指周厉王，是西周时代的君主，在位时暴虐无道，滥施杀伐，终于被国人流放了。幽指周幽王，是厉王的孙子，在位时宠幸妃子褒姒，沉迷酒色，后来外族入侵，把他杀死。两人都是暴虐之君。

③稽（qǐ）首：古代最恭敬的一种礼节，跪下，拱手至地，头也至地。“将恐”句：汉元帝的亲信中书令石显和尚书令五鹿充宗专权，京房认为他们会犯上作乱，所以借幽、厉之君来向汉元帝进谏。

【译文】

京房与汉元帝在一起谈论，于是就问元帝：“周幽王和周厉王为什么亡国？他们所任用的是些什么人？”元帝回答说：“他们任用的人不忠。”京房又问：“明知不忠，还要任用，这是什么原因呢？”元帝说：“亡国的君主，各自都认为他的臣下是贤能的，哪里是明知不忠还要任用他呢？”京房于是拜伏在地，说道：“就怕我们今天看古人，也像后代的人看我们今天一样啊。”

【原典】

陈元方遭父丧，哭泣哀恸，躯体骨立[1]。其母愍之，窃[2]以锦被蒙上。郭林宗吊[3]而见之，谓曰：“卿海内之俊才，四方是则[4]，如何当丧，锦被蒙上？孔子曰：‘衣夫锦也，食夫稻也，于汝安乎[5]？’吾不取也！”奋衣[6]而去。自后宾客绝百所日[7]。

【注释】

①骨立：形容人消瘦到极点，只剩下骨架子。

②窃：私下，暗地。

③吊：吊丧。

④是则：则是，指效法你。

⑤“衣夫”句：出自《论语，阳货》，原文作“食夫稻，衣夫锦，于女安乎？”孔子的弟子宰我认为，为父母守孝三年，时间太长，孔子以为不到三年期满，吃大米饭，穿绸缎，心里不安。夫（fú）：那个。

⑥奋衣：振衣，等于拂袖，甩手。

⑦百所日：百来天。所：约数词。

【译文】

陈纪遭遇丧父的不幸，哭泣悲恸，身体骨瘦如柴。他母亲心疼他，趁他睡觉的时候，私下用条锦缎被子给他盖上。郭林宗去吊丧，看见他盖着锦缎被子，就对他说：“你是国家的杰出人物，各地的人都以你为榜样，怎么能在服丧期间盖锦缎被子？孔子说：‘穿着那花缎子衣服，吃着那大米白饭，你心里踏实吗？’我不认为这种做法是可取的。”说完就拂袖而去。自此以后有百来天宾客都不来吊唁了。

【原典】

孙休[1]好射雉，至其时，则晨去夕返。群臣莫不止谏[2]：“此为小物，何足甚耽[3]？”休曰：“虽为小物，耿介[4]过人，朕所以好之。”

【注释】

①孙休：吴国君主孙权的儿子。孙权死后，孙休的弟弟孙亮继位，后孙亮被废，孙休继位。

②止谏：一作“上谏”。

③耽：沉溺，入迷。

④耿介：正直，心意专一。《周礼·春官·大宗伯》“士执雉”注：“雉：取其守介而死，不失其节。”这句是托词，为自己开脱。

【译文】

孙休喜欢射野鸡，到了射猎野鸡的季节，就早出晚归去射猎。群臣都劝止他说："这是小东西，哪里值得过分迷恋！"孙休说："虽然是小东西，可是比人还耿直，我因此喜欢它。"

【原典】

孙皓问丞相陆凯[1]曰："卿一宗在朝[2]有几人？"陆曰："二相、五侯、将军十余人。"皓曰："盛哉！"陆曰："君贤臣忠，国之盛也；父慈子孝，家之盛也。今政荒民弊[3]，覆亡是俱[4]，臣何敢言盛！"

【注释】

①孙皓：吴国亡国之主，孙休死后，孙皓继位，荒淫骄横，朝野失望。后晋兵攻下建康，孙皓投降，吴国亡。陆凯：字敬风，吴人，和丞相陆逊同族。孙皓暴虐，陆凯直言敢谏，由于他宗族强盛，孙皓不敢加诛于他。

②在朝：指在朝为官。

③荒：荒废。弊：疲困。

④覆亡是惧：惧覆亡。

【译文】

孙皓问丞相陆凯："你们家族在朝中做官的有多少人呢？"陆凯说："两个丞相、五个侯爵、十几个将军。"孙皓说："真兴旺啊！"陆凯说："君主贤明，臣下尽忠，这是国家兴旺的象征；父母慈爱，儿女孝顺，这是家庭兴旺的象征。现在政务荒废，百姓困苦，臣唯恐国家灭亡，还敢说什么兴旺啊！"

【原典】

何晏、邓飏令管辂[1]作卦，云："不知位至三公不？"卦成，辂称引古义，深以戒之。飏曰："此老生之常谈。"晏曰："知几其神[2]乎，古人以为难；交疏吐诚[3]，今人以为难。今君一面，尽二难之道[4]，可谓'明德惟馨[5]。'《诗》不云乎：'中心藏之，何日忘之[6]！'"

【注释】

①何晏、邓飏：魏国曹爽执政时，何、邓二人成了曹爽的心腹，都任尚书。管辂（lù）：字公明（209—256），擅长《周易》，能占卦。由冀州举荐为秀才，到都城后，何、邓叫他占卦，看看能否做到三公。他趁机用（易）理劝诫二人宜明存亡之理，忧虑国家危机，尽心辅助君主，使民怀德，这样三公之位就可以得到。

②几（jī）：预兆，事情的苗头。神：神妙，高超。

③交疏：交情疏远。吐诚：吐露真诚。

④"今君"句：何晏这句话意在说明，从管辂的做法里可了解到，知几并不神，交疏可以吐诚。

⑤明德惟馨：语出《左传·僖公五年》所引《周书》，大意是：光明的德行是芳香的。

⑥"中心"句：语出《诗经·小雅·隰桑》，大意是：心中藏着他，哪一天忘记过他！中心：心中。何晏引这两句来表示对管辂的赞赏和谢意。

【译文】

何晏、邓飏叫管辂给他们占一卦，说："不知道我们的官位能不能升到三公？"卜卦完成以后，管辂引证古书的义理，意味深长地劝诫他们。邓飏说："这是老生常谈。"何晏说："了解事物变化的征兆大概是很微妙的吧，古人认为这很困难；交情疏远说话却吐露真心，现代人认为这很困难。现在你与我们才一面之交就说出了这两个难题的解决办法，可以说是'完美的德行馨香远播'。《诗经》上不是说过吗：'思念之情记心里，哪有一天会忘记呢！'"

【原典】

晋武帝既不悟太子之愚，必有传后意[1]，诸名臣亦多献直言。帝尝在陵云台[2]上坐，卫瓘在侧，欲申其怀，因如醉，跪帝前，以手抚床曰："此坐可惜[3]！"帝虽悟，因笑曰："公醉邪？"

【注释】

①"晋武帝"句：武帝即位初年，立第二子司马衷为皇太子。太子当时九岁，没有才智，又不肯学习，朝廷百官认为他不能亲理政事，所以太子少博卫瓘总想奏请废太子，后来武帝拿尚书省的政务令太子处理，太子不知该怎样回答，太子妃贾氏请人代作答，呈送武帝，武帝看了很高兴，废立的事便作罢。

②陵云台：台名，故址在今河南洛阳东。

③此坐可惜：指让太子登上此座，就值得惋惜。

【译文】

晋武帝既然对太子的愚蠢没有清醒的认识，就有意要把帝位传给他，诸位名臣也多有直言强谏的。一次，武帝在陵云台上坐着，卫瓘陪侍在旁，想趁机申述自己的心意，便装作喝醉酒一样跪在武帝面前，用手拍着武帝的座床说："这个座位多么可惜呀！"武帝虽然明白他的意思，却还是笑着说："你醉了吗？"

【原典】

王夷甫妇，郭泰宁女，才拙而性刚，聚敛无厌[①]，干豫人事。夷甫患之而不能禁[②]。时其乡人幽州刺史李阳，京都大侠，犹汉之楼护[③]，郭氏惮之。夷甫骤[④]谏之，乃曰："非但我言卿不可，李阳亦谓卿不可。"郭氏小为之损[⑤]。

【注释】

①聚敛：搜刮财物。厌：满足。

②"夷甫"句：王衍（字夷甫）的妻子和晋惠帝皇后贾氏是表姐妹，她倚仗贾后的权势，所以王衍不能禁。

③楼护：是汉代的游侠，即重义气、能舍己助人的人。

④骤：屡次。

⑤小：稍微。损：收敛。

【译文】

王衍的妻子是郭豫的女儿，笨拙而又性情倔强，贪得无厌，喜欢干涉别人的事。王衍不满意她的行为，却又制止不了。当时他的同乡幽州刺史李阳是京都的一个大侠客，如同汉代的楼护，王衍妻子郭氏很怕他。王衍常常劝诫他妻子，就跟她说：“不只我说你不能这样做，李阳也认为你不能这样做。”郭氏听了才稍微收敛了一点。

【原典】

王夷甫雅尚玄远，常嫉其妇贪浊[①]，口未尝言“钱”字。妇欲试之，令婢以钱绕床，不得行。夷甫晨起，见钱阂[②]行，呼婢曰：“举却阿堵[③]物！”

【注释】

①尚：崇尚。玄远：指道的玄妙幽远，玄理。贪浊：贪婪卑污。

②阂：阻碍。

③阿堵：这。

【译文】

王衍一向崇尚玄理，常常憎恨他妻子的贪婪卑污，口里不曾说过“钱”字。他妻子想试试他，就叫婢女拿钱围绕在床边，让他不能下床走路。王衍早晨起床，看见钱碍着自己走路，就招呼婢女说：“拿掉这些东西！”

【原典】

王平子[①]年十四五，见王夷甫妻郭氏贪，欲令婢路上儋[②]粪。平子谏之，并言不可。郭大怒，谓平子曰：“昔夫人临终，以小郎嘱新妇，不以新妇嘱小郎[③]。”急捉衣裾[④]，将与杖。平子饶力[⑤]，争得脱，逾窗而走。

【注释】

①王平子：王澄，字平子，是王夷甫的弟弟。

②儋：同“担”，肩挑。

③夫人：指婆婆。小郎：称丈夫的弟弟为小郎，即小叔子。新妇：妇女的自称。

④裾（jū）：衣服的大襟，也指衣服的前后部分。

⑤饶力：指力气大。

【译文】

王澄十四五岁时，看见王衍的妻子郭氏很贪心，竟叫婢女到路上捡粪。王澄劝阻她，并且说明这样不行。郭氏大怒，对王澄说："过去老夫人临终的时候，把你托付给我，并没有把我托付给你。"说完就一把抓住王澄的衣服，要拿棍子打他。王澄力气大，挣扎脱身，跳窗而逃。

捷悟第十一

“黄狐老兔最狡捷，卖侮百兽常矜夸。年年此厄竟不悟，但爱蒙密争来家。”快速的反应、高超的领悟力是古之能人的突出表现，常为后人艳羡赞叹。

【原典】

杨德祖[①]为魏武主簿，时作相国[②]门，始构榱桷[③]，魏武自出看，使人题门作“活”字，便去。杨见，即令坏之。既竟，曰：“门中‘活’，‘阔’字。王正嫌门大也[④]。”

【注释】

①杨德祖：杨修（175–219），字德祖，曹操任丞相时，调他任主簿，有才学，有悟性。后来被曹操杀害。

②相国：指丞相。汉代有时设相国，有时设丞相。这里指相国府。

③榱桷（cuī jué）：椽子。

④王：指魏王曹操。

【译文】

杨修任魏武帝曹操的主簿时，当时正在建相国府的大门，刚搭建屋椽，曹操亲自出来察看，并且叫人在门上写了个“活”字，就走了。杨修看见了，立刻叫人把门拆了。拆完后，他说：“门里加个‘活’字，是‘阔’字。魏王正是嫌门太大了。”

【原典】

人饷魏武一杯酪[①]，魏武啖少许，盖头[②]上题“合”字以示众，众莫能解。次至杨修，修便啖曰：“公教人啖一口[③]也，复何疑？”

【注释】

①饷：送。酪：用牛、羊乳制成的乳浆。

②盖头：覆盖用的丝麻织品。

③教人啖一口：“合”字拆开，就是“人、一、口”三字，意为一人吃一口。

【译文】

有人送给魏武帝曹操一杯奶酪，曹操吃了一点，就在盖头上写了一个“合”字给大家看，大家都没有看懂是什么意思。轮到杨修去看，他便吃了一口，说：“曹公让每人吃一口，还犹豫什么呢？”

【原典】

魏武尝过曹娥碑[①]下，杨修从，碑背上见题作“黄绢幼妇，外孙齑臼[②]”八字。魏武谓修曰：“解不[③]？”答曰：“解”。魏武曰：“卿未可言，待我思之。”行三十里，魏武乃曰：“吾已得。”令修别记所知。修曰：“黄绢，色丝也，于字为‘绝’；幼妇，少女也，于字为‘妙’；外孙，女子也，于字为‘好’；齑臼，受辛也，于字为‘辞’[④]。所谓‘绝妙好辞’也。”魏武亦记之，与修同，乃叹曰：“我才不及卿，乃觉[⑤]三十里。”

【注释】

①曹娥碑：曹娥是东汉时代一个孝女，父溺死，她为寻找父亲尸首而死，改葬时给她立了碑，就是曹娥碑。

②齑（jī）臼：捣姜蒜等的器具。

③不：同“否”。

④受辛：古时用石臼捣菜，常加蒜等辛辣的食材，故会产生辛辣之味，谓之“受辛”。于字为“辞”：辞的异体字是“辤”。

⑤觉：同“较”，相差，相距。

【译文】

魏武帝曹操曾经从曹娥碑旁路过，杨修跟随着他，看见碑的背面写着“黄绢幼妇，外孙齑臼”八个字。曹操就问杨修：“你理解么？”杨修回答说：“理解。”曹操说：“你先不要说出来，让我想一想。”走了三十里路，曹操才说：“我已经理解了。”他叫杨修把自己的理解另外写下来。杨修写道：“黄绢，是有颜色的丝，色丝合成‘绝’字；幼妇，是少女的意思，少女合成‘妙’字；外孙，是女儿的儿子，女子合成‘好’字；齑臼，是承受辛辣东西的，受辛合成‘辞（辤）’字。这四个字就是‘绝妙好辞’。”曹操也把自己的理解写下了，结果和杨修的一样，于是感叹道：“我的才思赶不上你，竟然相差了三十里。”

【原典】

魏武征袁本初[1]，治装[2]，余有数十斛[3]竹片，咸长数寸。众云并不堪用，正令烧除。太祖思所以用之，谓可为竹椑楯[4]，而未显其言。驰使问主簿杨德祖，应声答之，与帝心同。众伏其辩[5]悟。

【注释】

①袁本初：袁绍，字本初。东汉末年，群雄并起，各据一方。汉献帝时，曹操为司空，独揽朝政；袁绍为大将军，督冀、幽、青、并四川。两人互相攻伐，最大的一仗是官渡之战，公元 200 年，曹操大破袁绍于官渡。202 年，袁绍死。

②治装：整治军队装备。

③斛（hú）：古代量器，十斗为一斛。

④太祖：曹操的庙号。竹椑楯（pí dùn）：椭圆形的竹盾牌。

⑤伏：通"服"，佩服。辩：聪明。

【译文】

魏武帝曹操要讨伐袁绍，修造军事装备，剩下几十斛竹片，都是几寸长的。大家说这些都用不上了，正要叫人烧掉。曹操在想怎么利用这些竹片，认为可以用来做椭圆形的竹盾牌，只是还没有把这话说出来。他派人速去问主簿杨修，杨修随即答复了来人，与曹操想的一样。大家都佩服杨修的聪明和悟性。

【原典】

王敦引军，垂至大桁，明帝自出中堂[1]。温峤为丹阳尹，帝令断大桁，故未断，帝大怒瞋目，左右莫不悚惧[2]。召诸公来，峤至不谢[3]，但求酒炙。王导须臾至，徒跣[4]下地谢曰："天威在颜，遂使温峤不容得谢[5]。"峤于是下谢，帝乃释然[6]。诸公共叹王机悟[7]名言。

【注释】

①"王敦"句：晋明帝时，王敦起兵反，但当时他已病重，只派王含和钱凤率军下京都。垂：将近。大桁（háng）：大桥，

这里指朱雀桥，在建康城南，朱雀门外，跨秦淮河。中堂：举行朝会等事的厅堂。

②“温峤”句：王敦起兵时，温峤与右将军卞敦守石头城。后王含、钱凤军直达秦淮河南岸，温峤便烧掉朱雀桥，王含军无法渡河。《资治通鉴·晋纪》载，温峤转移到秦淮北岸，烧朱雀桥，明帝想亲自领兵进攻，听说桥已毁，大怒。与这里所记不同。

③谢：道歉，赔罪。

④徒跣（xiǎn）：光着脚，以示谢罪。

⑤天威：天子的威严。颜：脸，这里指眼前。容：或许，可能。一本无“容”字。

⑥释然：形容怒气消释而心平气和。

⑦机悟：机警聪明。

【译文】

王敦率领军队东下，将要逼近朱雀桥。晋明帝亲自来到中堂驻军之地。温峤当时任丹阳尹，明帝命令他毁掉朱雀桥，可是朱雀桥却没有被毁掉，明帝非常生气，怒目圆睁，随从的人都很恐惧。明帝立刻召集大臣们来，温峤到后，没有谢罪，只是求赐酒肉请死。王导接着来到，他光着脚伏在地上，谢罪说：“皇上天威震怒，使温峤吓得没有机会谢罪了。”温峤这才跪拜谢罪，明帝也就心平气和了。大臣们都赞赏王导的话是机敏而有悟性的名言。

【原典】

郗司空在北府[①]，桓宣武[②]恶其居兵权。郗于事机素暗[③]，遣笺诣桓：“方欲共奖[④]王室，修复园陵。”世子嘉宾[⑤]出行，于道上闻信至，急取笺，视竟，寸寸毁裂，便回，还更作笺，自陈老病，不堪人间[⑥]，欲乞闲地自养。宣武得笺大喜，即诏转公督五郡、会稽太守。

【注释】

①郗司空：郗愔，字方回，曾兼任徐、兖二州刺史，都督徐、兖、青、幽诸州军事。后来征拜司空，没有就任。北府：即京口，

别称北府。桓温北伐前，郗愔曾镇守京口。桓温想借用京口的军事力量，就把郗愔调为会稽内史，自己兼任徐、兖二州刺史，率领京门之兵。

②桓宣武：桓温。

③事机：指事势机巧。素：一向。暗：昏暗。

④奖：辅佐。

⑤嘉宾：郗超，字嘉宾，是郗愔的长子，在桓温的大司马府任参军。

⑥人间：暗指担任官职。

【译文】

司空郗愔镇守北府的时候，桓温不喜欢他掌握兵权。郗愔对情势的了解一向糊涂，还寄信给桓温说："正想和您一起辅佐王室，修复被敌人毁坏的先帝陵寝。"当时他的嫡长子郗超出门在外，在半路听说送信的人到了，急忙拿过他父亲的信来看，看完了，把信撕得粉碎，就返回去，又代他父亲重写了封信，诉说自己年老多病，经不住世事烦扰，想找个闲散的官位来自我调养。桓温看到信后非常高兴，立刻下令把郗愔调为都督浙江东五郡军事、会稽太守。

【原典】

王东亭作宣武[①]主簿，尝春月与石头[②]兄弟乘马出郊。时彦同游者连镳俱进[③]，唯东亭一人常在前，觉[④]数十步，诸人莫之解。石头等既疲倦，俄而乘舆回，诸人皆似从官，唯东亭奕奕[⑤]在前。其悟捷如此。

【注释】

①王东亭：王珣。宣武：桓温。

②石头：桓逻的小名，是桓温的长子。

③时彦：当时的名流。连镳（biāo）：坐骑并排着。镳：马嚼子。

④觉：通"较"，相差。

⑤奕奕：精神抖擞的样子。

【译文】

东亭侯王珣任桓温的主簿时，曾经在春天和桓遐兄弟骑马到郊外游春。当时同游的名流都一起并马前进，只有王珣一个人常常走在前面，和他们距离几十步远，大家都不理解其中的缘故。桓遐等人玩得很疲倦了，不久就乘车回去了。结果其他人都像侍从官一样跟在后面，只有王珣精神抖擞地走在前面。他的敏捷颖悟常常如此。

夙惠第十二

“卑吏夙驱策，微涓效斗升。望麾宵继火，书板曙怀蒸。彼此虽流盼，规模转服膺。惠将霄汉隔，劳或岁时矜。”聪颖过人，而非刻苦求学得来，天生有之，方可称为夙惠。

【原典】

宾客诣陈太丘宿，太丘使元方、季方炊[1]。客与太丘论议，二人进火，俱委[2]而窃听，炊忘著箄[3]，饭落釜中。太丘问："炊何不馏[4]？"元方、季方长跪[5]曰："大人与客语，乃俱窃听，炊忘著箄，饭今成糜[6]。"太丘曰："尔颇有所识[7]不？"对曰："仿佛志之。"二子俱说，更相易夺[8]，言无遗失。太丘曰："如此，但糜自可，何必饭也！"

【注释】

①陈太丘：陈寔。元方：陈纪。季方：陈谌。

②委：舍弃，抛开。

③箄（bì）：箅子，竹质蒸饭用的盛器。

④馏：把半熟的食物蒸熟。

⑤长跪：挺直上身而跪。

⑥糜：粥。

⑦识（zhì）：记住。

⑧更：交替。易夺：改正补充。

【译文】

有位客人到陈寔家过夜，陈寔就叫儿子陈纪、陈谌做饭待客。客人和陈寔在一起清谈，兄弟两人烧上火后，就放下手头的事，跑去偷听父亲谈话了，蒸饭时忘了放上箅子，要蒸的饭都落到了锅里。陈寔问他们："饭为什么不捞出来蒸呢？"两个儿子直挺挺地跪着说："父亲和客人清谈，我们两人都在偷听，蒸饭时忘了放上箅子，所以现在饭煮成了粥。"陈寔问："你们还记得些什么呢？"兄弟两人回答说："似乎还能记住那些谈话。"于是兄弟俩一起说，互相穿插补正，把听到的话毫无遗漏地说了出来。陈寔说："既然这样，只吃粥也行，何必一定要干饭呢！"

【原典】

何晏七岁，明惠若神，魏武奇爱之[1]。因晏在宫内，欲以为子。晏乃画地令方[2]，自处其中。人问其故，答曰："何氏之庐[3]也。"魏武知之，即遣还。

【注释】

①“何晏”句：何晏的父亲死得早，曹操任司空时，娶了何晏的母亲，并收养了何晏。奇：极，很。

②画地令方：在地上画方形。

③庐：简陋的房屋。这里指何晏不愿改姓做曹操的儿子。

【译文】

何晏七岁的时候，聪明过人，魏武帝曹操特别喜爱他。因为何晏在曹操府第里长大，曹操想认他做儿子。何晏便在地上画个方框，自己站在里面。别人问他是什么意思，他回答说：“这是何家的房子。”曹操知道了这件事，立刻把他送回了何家。

【原典】

晋明帝数岁，坐元帝膝上①。有人从长安来，元帝问洛下②消息，潸然流涕。明帝问何以致泣，具以东渡意告之③。因问明帝：“汝意谓长安何如日远？”答曰：“日远。不闻人从日边来，居然可知④。”元帝异之。明日，集群臣宴会，告以此意，更重问之。乃答曰：“日近。”元帝失色，曰：“尔何故异昨日之言邪？”答曰：“举目见日，不见长安。”

【注释】

①“晋明帝”句：晋元帝司马睿原为安东将军，镇守建康。后来京都洛阳失守，怀帝逃到平阳，不久，长安也失守。晋愍帝死后，司马睿即帝位。其长子司马绍后继位为明帝。

②洛下：洛阳。

③“具以”句：晋元帝为琅邪王时，住在洛阳。他的好友王导知天下将要大乱，就劝他回到自己的封国，后来又劝他镇守建康，意欲经营一个复兴帝室的基地。这就是所谓东渡意。

④居然：显然。

【译文】

晋明帝只有几岁的时候，一次，坐在元帝膝上玩耍。当时有人从长安来，元帝问起洛阳的情况，不觉伤心流泪。明帝问父亲何事引得他哭泣，元帝就把西晋灭亡东渡南下的事一五一十地告诉了他。于是问明帝："你看长安和太阳相比，哪个更远？"明帝回答说："太阳远。没听说过有人从太阳那边来，显然可知。"元帝对他的回答感到惊奇。第二天，召集群臣宴饮，就把明帝说的话告诉了大家，并且再重问他一遍，不料明帝却回答说："太阳近。"元帝惊愕失色，问他："你为什么和昨天说的不一样呢？"明帝回答说："现在抬起头就能看见太阳，可是却看不见长安。"

【原典】

司空顾和与时贤共清言[①]，张玄之、顾敷是中外孙[②]，年并七岁，在床边戏。于时闻语，神情如不相属[③]。瞑于灯下，二儿共叙客主之言，都无遗失。顾公越席而提其耳曰："不意衰宗[④]复生此宝。"

【注释】

①清言：清谈。

②中外孙：孙子和外孙。儿子所生为中，女儿所生为外。

③属（zhǔ）：依附，集中。

④衰宗：谦称自己的家族。

【译文】

司空顾与当代名流在一起清谈。张玄之和顾敷是他的外孙和孙子，两人都是七岁，在坐床旁玩耍。这时听他们谈论，神情好像漠不关心。当顾和在灯下闭目养神时，两个小孩一起复述主客双方的话，一句也没有漏掉。顾和听见了，离开座位，拉着他们的耳朵说："想不到我们这个衰落的家族还生下这样的宝贝。"

【原典】

韩康伯[①]数岁，家酷贫，至大寒，止得襦[②]。母殷夫人自成之，令康伯捉熨斗，谓康伯曰：“且著襦，寻作复裈[3]。”儿云：“已足，不须复裈也。”母问其故，答曰：“火在熨斗中而柄热，今既著襦，下亦当暖，故不须耳。”母甚异之，知为国器[4]。

【注释】

①韩康伯：韩伯字康伯，善言玄理，官至丹阳尹、吏部尚书。

②襦（rú）：短袄。

③复裈（kūn）：夹裤。

④国器：治国之才。

【译文】

韩伯几岁时，家境非常贫苦，到了隆冬，只穿上一件短袄。他母亲殷夫人亲手做短袄时，康伯拿着熨斗取暖。母亲告诉康伯说：“暂时先穿上短袄，随后就给你做夹裤。”康伯说：“这已经够了，不需要夹裤了。”母亲问他为什么，他回答说：“火在熨斗里面，熨斗柄也就热了。现在已经穿上短袄，下身也会暖和的，所以不需要再做夹裤了。”他母亲听了非常惊奇，知道他将来准是个治国的人才。

【原典】

晋孝武年十二，时冬天，昼日不著复衣，但著单练衫五六重，夜则累茵褥[1]。谢公谏曰[2]：“圣体宜令有常。陛下昼过冷，夜过热，恐非摄养[3]之术。”帝曰：“昼动夜静[4]。”谢公出叹曰：“上理不减先帝[5]。”

【注释】

①晋孝武：孝武帝司马曜，简文帝的儿子。茵褥：褥子。

②谢公：谢安。

③摄养：保养。

④昼动夜静：《老子》第四十五章：“躁胜寒，静胜热”，此用其意。

⑤先帝：已经去世的皇帝，这里指简文帝。简文帝擅长谈玄理。

【译文】

晋孝武帝十二岁那年，当时正是冬天，他白天不穿夹衣，只穿五六件丝绸做的单衣，夜里却铺着两张褥子睡觉。谢安规劝他说："皇上保养圣体应当有规律。陛下白天太冷，夜里太热，这恐怕不是养生的办法。"孝武帝说："白天活动着就不会冷，夜里不动弹就不会热。"谢安退出来，赞叹说："皇上谈论玄理不比先帝差。"

【原典】

桓宣武薨，桓南郡年五岁，服始除，桓车骑与送故[①]文武别，因指语南郡："此皆汝家故吏佐[②]。"玄应声恸哭，酸[③]感傍人。车骑每自目己坐曰："灵宝成人，当以此坐还之。"鞠爱过于所生[④]。

【注释】

①桓南郡：桓玄，小名灵宝，桓温的儿子，袭父爵为南郡公。桓温临死时，指定他做继承人。桓车骑：桓冲，是桓温的弟弟，桓玄的叔父，曾任车骑将军。送故：指护送遗体回乡的下属。

②故吏佐：旧部属。

③酸：悲痛。

④"灵宝"句：桓温原来镇守姑孰，死后，朝廷任桓冲为中军将军、扬州刺史，代替桓温镇守姑孰。桓冲说的"以此坐还之"，就是指的镇守姑孰的职位。

【译文】

桓温去世时，南郡公桓玄只有五岁，守孝期满，刚脱下丧服，车骑将军桓冲和前来送丧的文武官员道别，便指着他们对桓玄说："这些人都是你家的老下属。"桓玄随着他的话恸哭起来，悲痛感人。桓冲每每看着自己的座位说："等桓玄长大成人，我就要把这个座位交还给他。"桓冲抚养、疼爱桓玄胜过对自己的亲生儿女。

豪爽第十三

“且唱一曲渔歌，觉无复当年，缺壶悲壮。老境羲皇，换尽平生豪爽。”古之豪爽非大方之义，指人充满豪气，耿直不阿，君子一美德也。

【原典】

王大将军年少时，旧有田舍名，语音亦楚[①]。武帝唤时贤共言伎艺事，人皆多有所知，唯王都无所关，意色殊恶。自言知打鼓吹[②]，帝令取鼓与之。于坐振袖而起，扬槌奋击，音节谐捷[③]，神气豪上，傍若无人。举坐叹其雄爽[④]。

【注释】

①田舍：指乡巴佬，有轻视之意。楚：中原人把南方人看成楚。王敦（字处仲）本是琅邪郡临沂人，语音不同于中原，一概都被说成楚音。

②伎艺：技艺，这里指歌舞。鼓吹：指鼓箫等乐器合奏。

③谐捷：和谐快速。

④雄爽：威武豪爽。

【译文】

大将军王敦年轻时，原来就有“乡巴佬”这个外号，说的话也是土话。晋武帝召来当时的名流一起谈论技艺的事，别人大多都懂得一些，只有王敦一点也不关心这些事，无话可说，神态、脸色都很不好。他自称只懂得打鼓，武帝就叫人拿鼓给他。他马上从座位上振臂站起，扬起鼓槌，精神振奋地击起鼓来。鼓音急促和谐，气概豪迈，旁若无人。满座的人都赞叹他的威武豪爽。

【原典】

王处仲[①]，世许高尚之目，尝荒恣[②]于色，体为之弊。左右谏之，处仲曰：“吾乃不觉尔，如此者甚易耳！”乃开后閤[③]，驱诸婢妾数十人出路，任其所之[④]，时人叹焉。

【注释】

①王处仲：王敦。

②荒恣：放纵。

③閤：侧门，小门。

④之：到……去。

【译文】

王敦这个人，世人以高尚来赞许他。他曾经沉迷女色，身体也因此很疲惫。身边的人规劝他，他说：“我竟然没有察觉到问题，既然这样，也很容易解决呀。”于是打开后阁小门，把几十个婢妾都放出去，打发上路，随便她们到哪里去。当时的人很赞赏他。

【原典】

王大将军自目：“高朗疏率[1]，学通《左氏》。”

【注释】

①高朗疏率：高尚爽朗，通达直爽。

【译文】

大将军王敦评论自己：“高尚开朗，通达直爽，学有专长，精通《左传》。”

【原典】

王处仲每酒后，辄咏“老骥伏枥，志在千里；烈士暮年，壮心不已”[1]。以如意打唾壶[2]，壶口尽缺。

【注释】

①“老骥”两句：引自曹操的《龟虽寿》诗，大意是：老了的千里马躺在马棚里，它的志向却在于驰骋千里；壮士虽然到了晚年，雄心还是不减。《晋书·王敦传》载，王敦权势越来越大，想控制朝廷，晋元帝既怕他又恨他，就重用刘隗等人，王敦心意不平，常咏曹操这首诗。

②如意：器物名。唾壶：等于痰盂。

【译文】

王敦每逢酒后，就吟咏“老骥伏枥，志在千里；烈士暮年，壮心不已”的诗句。还拿如意敲着唾壶打拍子，壶口被敲得都是缺口。

【原典】

晋明帝欲起池台，元帝不许。帝时为太子，好养武士，一夕中作池，比晓便成[①]。今太子西池[②]是也。

【注释】

①比晓：等到天亮。

②太子西池：池名。据说是孙吴时代挖成的，叫西苑，后来淤泥积满，晋明帝时又修复，故俗称太子西池。

【译文】

晋明帝想挖池塘、修亭台，他父亲元帝不答应。当时明帝还是太子，喜欢招养武士，就让他们晚上修池，到天亮就挖成了。这就是现在的太子西池。

【原典】

王大将军始欲下都处分树置，先遣参军告朝廷，讽旨[①]时贤。祖车骑[②]尚未镇寿春，瞋目厉声语使人曰："卿语阿黑[③]，何敢不逊[④]！催摄面去[⑤]，须臾不尔[⑥]，我将三千兵槊脚令上[⑦]！"王闻之而止。

【注释】

①处分：处理。树置：栽培，安插。讽旨：指暗示自己的意图。

②祖车骑：祖逖，字士稚，死后赠车骑将军。祖逖原为奋威将军、豫州刺史，屡建战功。晋元帝太兴二年（公元319年），败于石勒部将，退屯梁国，又退屯淮南郡首府寿春。

③阿黑：王敦小名。

④逊：谦恭。

⑤催摄：指快速。面：通"偭"，唐写本作"向"，一本作"回"。

⑥不尔：不是如此。

⑦槊（shuó）：长矛。上：指溯江而上。王敦镇守武昌，地在建康上游，这里指西上武昌。

【译文】

大将军王敦起初想领兵东下京都，要处理朝臣，安插亲信，便先派参军去报告朝廷，并且向当时的名流们暗示自己的意图。那时车骑将军祖逖还没有到寿春镇守，他瞪起眼睛声色俱厉地告诉王敦的使者说：“你去告诉阿黑，他怎么敢这样傲慢无礼！叫他速速回去！如果不马上走，我就要率领三千兵马用长矛戳他的脚后跟，赶他回去。”王敦听说后，就打消了东下京都之举。

【原典】

庾稚恭既常有中原之志，文康时，权重未在己①。及季坚作相，忌兵畏祸，与稚恭历同异者久之，乃果行②。倾荆、汉之力，穷舟车之势，师次于襄阳③，大会参佐④，陈其旌甲，亲授弧矢曰：“我之此行，若此射矣！”遂三起三叠⑤。徒众属目⑥，其气十倍。

【注释】

①“庾稚恭”句：稚恭，是庾翼的字，他想北伐外族，收复中原。晋成帝时，他哥哥庾亮升任江、荆、豫三州刺史，镇守武昌。后又为司空，遥执朝廷大权。当时庾翼任南蛮校尉、南郡太守，镇守江陵，权位不重。文康：是庾亮的谥号。

②“及季坚”句：季坚：是庾冰的字，庾冰是庾亮的弟弟、庾翼的哥哥。王导死后，庾冰任中书监、扬州刺史，参录尚书事。庾亮死后，庾翼任都督六州诸军事、荆州刺史，代庾亮镇守武昌，这才掌握了兵权。晋康帝即位后，庾翼想率师北伐，庾冰和他心意相同，桓温等也赞成，但康帝和大臣多以为难，且派人劝止进军。庾翼不从，违诏北行。这就是所谓“历同异”。但这里说季坚和稚恭历同异，在史书里没有反映。

③“倾荆”句：庾翼北伐时，征调所统六州奴和车牛驴马，并移镇襄阳。次：驻扎。

④参佐：下属。

⑤三起三叠：等于说三发三中。叠：指小击鼓。徐震谔《世说新语校笺》说：“凡军中阅射，中的则以击鼓为号。”

⑥属目：同“瞩目”、“注目”。

【译文】

庾翼早就有收复中原的志向，可是他哥哥庾亮当政时，大权不在自己手里。等到庾冰作丞相时，害怕兵祸，和庾翼经过了长时间不同意见的争论，最后决定出兵北伐。庾翼出动荆州、汉水一带的全部兵力，调集了所有的车船，率领军队驻扎在襄阳。在襄阳，他召集所有下属开会，摆开军队的阵势，亲自把武器发下去，说：“我这一次出征，就像这回射箭一样！”说毕连发三箭，三发三中。士兵们全神贯注，大为振奋，士气顿时增长了十倍。

【原典】

桓宣武平蜀[①]，集参僚置酒于李势殿，巴、蜀缙绅莫不来萃[②]。桓既素有雄情爽气，加尔日音调英发[③]，叙古今成败由人，存亡系才。其状磊落[④]，一坐叹赏。既散，诸人追味余言。于时寻阳周馥[⑤]曰：“恨卿辈不见王大将军！”

【注释】

①平蜀：指桓温平定成汉事。

②缙绅：官僚士大夫。萃：聚集，聚会。

③尔日：这天。英发：英气勃发。

④磊落：指仪态俊伟。

⑤周馥：家住庐江郡寻阳县，曾为王敦的属官。周馥这话暗示王敦胜过桓温。

【译文】

桓温平定蜀地后，在李势原先的宫殿里置办酒席和下属聚会，巴、蜀一带的大官全都被邀请来参加。桓温一向有豪放的性情、直爽的气概，加上这一天的谈话语调英气勃勃，畅谈古今成败取决于人，存亡的关键在于人才等。他仪态俊伟，满座的人都很赞赏。聚会散了以后，大家还在回忆、玩味他的言论。这时寻阳人周馥说：“遗憾的是你们没有见过王大将军！”

容止第十四

“孝恭遵妇道，容止顺其猷。别离在今晨，见尔当何秋。”古之容止不仅指外貌，还兼及气质、品德。

【原典】

魏武[1]将见匈奴使，自以形陋，不足雄[2]远国，使崔季珪代[3]，帝自捉刀[4]立床头。既毕，令间谍问曰："魏王何如？"匈奴使答曰："魏王雅望非常，然床头捉刀人，此乃英雄也。"魏武闻之，追杀此使[5]。

【注释】

①魏武：曹操。下文的帝、魏王都是指曹操，因为他生前封魏王，谥号是武，曹丕登帝后，追尊他为武帝。

②雄：称雄，显示威严。

③崔季珪：崔琰，字季珪，在曹操手下任职。他仪表堂堂，很威严。而据刘孝标注引（魏氏春秋）说，曹操却是"姿貌短小"。

④捉刀：握刀。

⑤"魏武"句：曹操认为匈奴使已经讽破了他的野心和做法，所以把使臣杀了。此说不大可信。

【译文】

魏武帝曹操将要接见匈奴的使节。他自认为相貌丑陋，不能对远方国家显示出自己的威严，便叫崔琰代替，自己就握着刀站在崔琰的坐床边。接见后，曹操派密探去问匈奴使节："你看魏王怎么样？"匈奴使节回答说："魏王的崇高威望非同一般，可是床边握刀的人，这才是真英雄啊。"曹操听说后，趁使节回国，派人追去杀了他。

【原典】

何平叔[1]美姿仪，面至白。魏明帝疑其傅粉[2]，正夏月，与热汤饼[3]。既啖，大汗出，以朱衣自拭，色转皎然[4]。

【注释】

①何平叔：何晏。

②傅粉：搽粉。汉魏时的贵公子喜欢搽粉，这是当时习气。

③汤饼：汤面。

④皎然：形容又白又亮。

【译文】

何晏相貌很美，脸非常白。魏明帝怀疑他搽了粉，想查看一下，当时正好是夏天，就给他吃热汤面。何晏吃完后，大汗淋漓，自己撩起官服擦脸，脸色反而更加光洁。

【原典】

魏明帝使后弟毛曾与夏侯玄共坐[1]，时人谓“蒹葭倚玉树”[2]。

【注释】

①夏侯玄：初任散骑黄门侍郎，年轻时就很出名。他曾和皇后的弟弟毛曾并排坐在一起，却认为这是耻辱，因为太不相称。魏明帝很不高兴，就把他降为羽林监。

②蒹葭倚玉树：蒹是荻，葭是芦苇，比喻微贱、貌丑。玉树指传说中的仙树或珍宝制作的树，比喻品貌之美。此指两个品貌极不相称的人在一起。

【译文】

魏明帝让皇后的弟弟毛曾和夏侯玄并排坐在一起，当时的人评论说“这是芦苇倚靠着玉树。”

【原典】

时人目夏侯太初[1]“朗朗如日月之入怀”，李安国“颓唐如玉山之将崩”[2]。

【注释】

①夏侯太初：夏侯玄，字太初。

②李安国：李丰，字安国，任中书令，后被杀。颓唐：指精神萎靡不振。玉山：用玉石堆成的山，用来形容仪容美好。

【译文】

当时的人评论夏侯玄“好像怀里揣着日月一样光彩照人”，而认为李丰"精神不振，像玉山将要崩塌一样"。

【原典】

嵇康身长七尺八寸[①]，风姿特秀。见者叹曰："萧萧肃肃，爽朗清举[②]。"或云："肃肃如松下风，高而徐引[③]。"山公曰："嵇叔夜之为人也，岩岩[④]若孤松之独立；其醉也，傀俄[⑤]若玉山之将崩。"

【注释】

①七尺八寸：古代的尺寸，长度没有现代那么长，不过七尺八寸也表明身材高大。

②萧萧肃肃：萧萧形容举止萧洒脱俗，肃肃形容清静。举：挺拔。

③肃肃：象声词，形容风声。徐引：舒缓悠长。

④岩岩：形容高峻挺拔。

⑤傀（guī）俄：同"巍峨"，形容高大雄伟。

【译文】

嵇康身高七尺八寸，风度姿态秀美出众。见到他的人都赞叹说："他举止潇洒安详，气质豪爽清逸。"有人说："他畅快有力，像松树间沙沙作响的风声，高远而舒缓悠长。"山涛评论他说："嵇康的为人，像挺拔的孤松傲然独立；他的醉态，像高大的玉山快要倾倒。"

【原典】

裴令公目王安丰："眼烂烂如岩下电[①]。"

【注释】

①眼烂烂：指目光闪闪。烂烂：明亮的样子。岩下：山岩之下，是眉棱下的比喻。

【译文】

中书令裴楷评论安丰侯王戎说："他目光炯炯有神，就像山岩下的闪电。"

自新第十五

“破衫羸马老黄尘，人自衰迟岁自新。积雨恐侵春甲子，昏灯嬾守夜庚申。”在生活中不断反省，向贤能者学习，方能做到自新。

【原典】

周处年少时，凶强侠气[①]，为乡里所患。又义兴水中有蛟，山中有邅迹虎[②]，并皆暴犯百姓，义兴人谓为“三横”[③]，而处尤剧。或说处杀虎斩蛟，实冀三横唯余其一。处即刺杀虎，又入水击蛟。蛟或浮或没，行数十里，处与之俱。经三日三夜，乡里皆谓已死，更相庆。竟杀蛟而出，闻里人相庆，始知为人情所患，有自改意。乃入吴寻二陆[④]，平原不在，正见清河，具以情告，并云：“欲自修改，而年已蹉跎[⑤]，终无所成。”清河曰：“古人贵朝闻夕死[⑥]，况君前途尚可。且人患志之不立，亦何忧令名不彰邪？”处遂改励[⑦]，终为忠臣孝子。

【注释】

①周处：字子隐，吴兴郡阳羡县人，后改属义兴郡（郡治在今江苏省宜兴县）。青少年时胡作非为，横行乡里，后勇于改过，在晋朝任广汉太守、御史中丞。侠气：指刚强不屈的气概。

②邅（zhān）迹虎：《孔氏志怪》说：“义兴有邪足虎，溪渚长桥有苍蛟，并大啖人”。邅迹虎即邪足虎，跛脚老虎。

③横：指残暴的东西。

④入吴：《晋书·周处传》作“入吴”，对。二陆：指陆机、陆云。兄弟齐名，号为二陆，吴人。陆机后来在晋朝曾任平原郡内史，陆云曾任清河郡内史，所以下文直呼为平原、清河。陆机比周处年轻二十多岁，所以周处年少时不可能寻访二陆。

⑤修改：加强修养、改正错误。蹉跎：虚度光阴。

⑥朝闻夕死：这是用《论语·里仁》“朝闻道，夕死可矣”的意思，大意是：早上听到了真理，就算晚上死去也不算虚度此生。

⑦改励：改过自新，努力上进。

【译文】

周处年轻时，凶狠倔强，好意气用事，被乡里人认为是祸害。另外，义兴郡河里有条蛟龙，山上有一只跛脚虎，都危害百姓，义兴人把他们叫作“三害”，而周处的危害更大。有人劝说周处去杀虎斩蛟，其实是希望“三害”中只剩下一个。周处立刻上山刺杀了老虎，又下河去斩杀蛟龙。蛟龙时而浮出水面，时而潜入水底，游了几十里，周处始终和蛟龙在一起搏斗。经过三天三夜，乡亲们都认为他已经死了，互相庆贺。没想到周处竟然杀死蛟龙，从水里出来了。他听说乡亲互相庆贺，才知道自己是人们所痛恨的人，就有意改过自新。于是到吴郡寻找陆机、陆云兄弟，平原内史陆机不在家，只见到清河内史陆云，就把情况一五一十地告诉了陆云，并且说：“我想加强自己的修养，改正错误，可是岁月已经虚度，恐怕终究不会有什么成就。”陆云说：“古人尚且重视‘朝闻夕死’，何况您的前途还远大着呢。再说，一个人就怕不能立志，又何必担心美名不能宣扬呢？”于是周处便努力改过自新，振作起来，终于成了忠臣孝子。

【原典】

戴渊少时，游侠不治行检，尝在江淮间攻掠商旅[①]。陆机赴假还洛，辎重[②]甚盛。渊使少年掠劫，渊在岸上，据胡床指麾[③]左右，皆得其宜。渊既神姿峰颖[④]，虽处鄙事，神气犹异。机于船屋上遥谓之曰：“卿才如此，亦复作劫[⑤]邪？”渊便泣涕，投剑归机，辞厉[⑥]非常。机弥重之，定交[⑦]，作笔荐焉。过江，仕至征西将军。

【注释】

①游侠：指重信义、轻生死的人。行检：品行。攻掠：袭击、抢劫。

②辎重：行李。

③指麾：同“指挥”。

④峰颖：挺拔突出。

⑤劫：强盗。

⑥辞厉：言辞激切。

⑦定交：结为朋友。

【译文】

戴渊年轻时，游侠逞强，不注意品行，曾在长江、淮河间袭击、抢劫商人和旅客。陆机度假后回洛阳，携带的行李很多。戴渊便指使一帮年轻人去抢劫，他自己在岸上，坐在椅子上指挥手下的人，安排得头头是道。戴渊原本风度仪态挺拔不凡，虽然是做抢劫这种事，神气仍旧与众不同。陆机在船舱里远远地对他说："你才能如此杰出，还要做强盗吗？"戴渊感悟流泪，便扔掉剑投靠了陆机，他的谈吐非同一般。陆机更加看重他，和他结为朋友，并写信推荐他。过江以后，戴渊官至征西将军。

企羡第十六

“骑来云气迎，人去鸟声恋。长揖桃源士，举世同企羡。”羡慕、赞颂他人在古代可视作一种美德，含“见贤思齐”之义。

【原典】

王丞相拜司空，桓廷尉作两髻、葛裙、策杖，路边窥之[1]，叹曰："人言阿龙超，阿龙故自超[2]。"不觉至台门[3]。

【注释】

①两髻：把头发分向两边梳成两个发髻。葛裙：葛布做的裙。

②阿龙：指王导，王导小名赤龙。超：卓越，出众。

③台门：指朝廷所在之中央官府。

【译文】

丞相王导受任为司空，将要去就任的时候，廷尉桓彝梳起两个发髻，穿着葛裙，拄着拐杖，在路边暗暗观察他，赞叹说："人们都说阿龙出众，阿龙本来就出众啊。"不知觉间跟随到了官府大门口。

【原典】

王丞相过江[1]，自说昔在洛水边，数与裴成公、阮千里诸贤共谈道[2]。羊曼曰："人久以此许[3]卿，何须复尔？"王曰："亦不言我须此，但欲[4]尔时不可得耳！"

【注释】

①过江：指西晋末渡江南下。

②数：屡次。裴成公：裴頠，谥号为成。阮千里：阮瞻，字千里。道：道家所说的道，指产生物质世界的总根源。这里指老庄学说。

③许：赞许。

④欲：原注一作"叹"。

【译文】

丞相王导到江南后，说起自己以前在洛水岸边经常和裴頠、阮瞻诸贤达一起谈论玄理。羊曼说："人们早就因为这件事称赞你，哪里还需要再说呢？"王导说："也不是说我需要这个，只是想到再像那样谈论玄理的美妙时刻不会再有了啊！”

【原典】

王右军得人以《兰亭集序》方《金谷诗序》，又以己敌[1]石崇，甚有欣色。

【注释】

①《兰亭集序》：晋穆帝水和九年（公元353年）王羲之和谢安等四十一人聚会兰亭，饮酒赋诗。后来王羲之把这些诗汇编成集，并写了一篇序，就是《兰亭集序》。这和石崇的《金谷诗序》的写作过程是相仿的，且当时人们认为两篇序文的文辞也有可比拟之处。敌：相当，匹敌。

【译文】

右军将军王羲之得知人们把《兰亭集序》和《金谷诗序》并列，又认为自己和石崇相匹敌，脸上便颇有喜悦之神色。

【原典】

王司州先为庾公记室参军，后取殷浩[1]为长史。始到，庾公欲遣王使下都。王自启求住[2]曰："下官希见盛德[3]，渊源始至，犹贪与少日周旋[4]。"

【注释】

①殷浩：字渊源，起初在庾亮手下任记室参军，后升为长史。

②自启：自己报告。住：留下。

③希：少。盛德：德高望重之人。

④少日：指几天。周旋：交往。

【译文】

司州刺史王胡之先前担任庾亮的记室参军，后来庾亮又调殷浩来任长史。殷浩刚到，庾亮想派王胡之出使到京都。王胡之表白心愿请求留下，说："下官很少见到德高望重的人，渊源刚来，我还贪图着和他叙谈几天呢。"

【原典】

郗嘉宾得人以己比苻坚[1]，大喜。

【注释】

①苻坚：东晋时人，夺取前秦政权，自称大秦天王。屡建战功，并整饬内政，是个博学多才的人。

【译文】

郗超得知人们把自己比作苻坚，大为欣喜。

【原典】

孟昶未达时，家在京口。尝见王恭乘高舆，被鹤氅裘[1]。于时微雪，昶于篱间窥之，叹曰："此真神仙中人！"

【注释】

①王恭：曾任青、兖二州刺史，镇守京口。高舆：高车。鹤氅裘：用鸟羽绒絮成的裘，是外套。

【译文】

孟昶还没有显贵时，家住京口。他有一次看见王恭坐在高车上，穿着鸟羽制作的皮衣。当时下着零星小雪，孟昶在竹篱后暗自观察他，赞叹说："这真是神仙中人啊！"

伤逝第十七

“叹息追古人，临风伤逝波。古人无不死，叹息欲如何。”对丧事的重视是古之礼法所致，是君子的表现。

【原典】

王仲宣[1]好驴鸣。既葬，文帝临[2]其丧，顾语同游曰："王好驴鸣，可各作[3]一声以送之。"赴客[4]皆一作驴鸣。

【注释】

①王仲宣：王粲，字仲宣，魏国人，建安七子之一。

②临（lìn）：哭吊死者。

③作：发出声响。

④赴客：送葬的客人。

【译文】

王粲生前喜欢听驴叫。到安葬时，魏文帝曹丕去参加他的葬礼，回头对往日同游的人说："王仲宣喜欢听驴叫，大家应该每人学一声驴叫来送他。"于是去吊丧的客人都一一学了一声驴叫。

【原典】

王濬冲为尚书令，著公服，乘轺车，经黄公酒垆下过[1]。顾谓后车客："吾昔与嵇叔夜、阮嗣宗共酣饮于此垆[2]。竹林之游，亦预[3]其未。自嵇生夭、阮公亡以来，便为时所羁绁[4]。今日视此虽近，邈[5]若山河。"

【注释】

①轺（yáo）车：驾一匹马的轻便车。酒垆：酒店里放酒瓮的土台子，借指酒店。

②嵇叔夜：嵇康的字。阮嗣宗：阮籍的字。

③预：参加。

④羁绁：束缚。

⑤邈（miǎo）：远。

【译文】

王濬冲任尚书令时，穿着官服，坐着轻便马车，从黄公酒垆旁经过。触景生情，他回头对后车的客人说："我以前和嵇康、阮籍一起在这个酒店畅饮过。竹林交游，我也跟在后面参加了。自从嵇生早逝、阮公亡故以来，我就被时事纠缠住了。今天看着这间酒店虽然很近，追怀往事，却像隔着山河一样遥远。”

【原典】

孙子荆以有才，少所推服，唯雅敬王武子[①]。武子丧时，名士无不至者。子荆后来，临尸恸哭，宾客莫不垂涕。哭毕，向灵床[②]曰：“卿常好我作驴鸣，今我为卿作。”体似真声[③]，宾客皆笑。孙举头曰：“使君辈存，令此人死！”

【注释】

①雅敬：非常敬重。王武子：王济。

②灵床：停放尸体的床铺。

③体似真声：应作“体似声真”，指模拟得像，声音逼真。

【译文】

孙楚倚仗自己有才能，很少推崇佩服别人，只是很尊敬王济。王济去世时，当时有名望的人都来吊丧。孙楚后到，对着遗体痛哭，宾客们都感动得流泪。他哭完后，朝着灵床说：“你平时喜欢听我学驴叫，现在我就为你学一学。”他模仿得很像，声音逼真，宾客们都笑了。孙楚抬起头说：“怎么让你们这帮人活着，却让这个人死了！”

【原典】

王戎丧儿万子，山简往省之，王悲不自胜[①]。简曰：“孩抱中物[②]，何至于此？”王曰：“圣人忘情[③]，最下[④]不及情。情之所钟，正在我辈。”简服其言，更[⑤]为之恸。

【注释】

①“王戎”句：王戎丧儿，《晋书》的记载是王戎的堂弟王衍丧儿。万子年十九卒，似不能说“孩抱中物”。省（xǐng）：看望。

②孩抱：孩提，婴儿。

③忘情：指不动感情。

④最下：指下等的愚民。

⑤更：竟然，反而。

【译文】

王戎的儿子万子死了，山简前去探望他，王戎悲伤得无法自制。山简说："不过是一个怀抱中的婴儿罢了，怎么能伤心到这个地步呢？"王戎说："圣人能不动感情，最下等的人不懂感情。感情最专注的，正是我们这一类人。"山简很敬佩他的话，反而为他悲痛。

【原典】

有人哭[①]和长舆曰："峨峨若千丈松崩[②]。"

【注释】

①哭：吊唁。

②峨峨：形容高、巍峨。和峤（字长舆）很有风采，名声很大，曾被称赞说："峤森森如千丈松。"

【译文】

有人哭吊和峤说："他的去世好像巍峨的千丈青松倒下了。"

【原典】

卫洗马以永嘉六年丧[①]，谢鲲哭之，感动路人。咸和中，丞相王公教曰[②]："卫洗马当改葬。此君风流名士，海内所瞻，可修薄祭，以敦旧好[③]。"

【注释】

①"卫洗马"句：卫玠到豫章（首府是南昌）时，王敦的长史谢鲲很敬重他。卫玠后来也葬于南昌。

②咸和：晋成帝的年号。咸和中，卫玠改葬江宁。教：诸侯王公的文告。

③薄祭：菲薄的祭品，这里是对死者的谦词。敦：深厚。旧好：旧情，故交。

【译文】

太子洗马卫玠在永嘉六年去世，谢鲲去吊丧，悲痛之情感动了路人。咸和年间，丞相王导发表文告说："卫洗马今当改葬。这位君子是风雅名流，受到国人的仰慕，大家应该准备些简单的祭礼，来加深我们对老朋友的怀念。"

栖逸第十八

"闲地心俱静，韶光眼共明。酒狂怜性逸，药效喜身轻。慵慢疏人事，幽栖遂野情。回看芸阁笑，不似有浮名。""栖逸"高度概括了古代卓尔不群、行事古怪之贤人。

【原典】

阮步兵啸闻数百步[1]。苏门山中，忽有真人[2]，樵伐者咸共传说。阮籍往观，见其人拥膝岩侧。籍登岭就之，箕踞[3]相对。籍商略终古[4]，上陈黄农玄寂之道，下考三代盛德之美[5]，以问之，仡然[6]不应。复叙有为之教，栖神导气之术[7]，以观之，彼犹如前，凝瞩不转。籍因对之长啸。良久，乃笑曰："可更作。"籍复啸。意尽退。还半岭许，闻上嘒然[8]有声，如数部鼓吹，林谷传响。顾看，乃向人[9]啸也。

【注释】

①阮步兵：阮籍，字嗣宗，汉魏时人，曾任步兵校尉。步：长度单位，三百步为一里。

②真人：道家对得道之人的称呼。

③箕踞：伸开两腿坐着，像个簸箕，这是一种不拘礼节的坐法。

④商略：商讨。终古：往昔。

⑤玄寂之道：道家玄妙虚无的道理。三代：即夏、商、周三朝。

⑥仡（yì）然：昂首的样子。

⑦有为：有所作为，指儒家的学说。栖神导气之术：道家修炼的方法，指精神凝定不散乱，导气养神。

⑧嘒（qiú）然：查《康熙字典》无"嘒"字，疑即"啾"。啾然：形容声音众多。

⑨向人：刚才那个人。

【译文】

步兵校尉阮籍的啸声，数百步外都能听到。苏门山中，忽然来了个得道的真人，砍柴的人都这么传说。阮籍前去观看，只见那个人抱膝坐在山岩上。阮籍就登山去见他，两人伸开腿对坐着。阮籍评论古代的事，往上述说黄帝、神农时代玄妙虚无的主张，往下考究夏、商、周三代深厚的美德，用这些来问他，那人仰着头，并不回答。阮籍又说到儒家的德教主张，道家凝神导气的方法，来试探他的反应，他还是像原先那样，目不转睛地凝视着。阮籍便对着他长啸一声。过了好一会儿，他才笑着说："可以再啸一次。"阮籍又啸了一次。阮籍意兴已尽，便退下来，约莫回到半山腰处，听到山顶上众音齐鸣，好像几部器乐合奏，树林山谷都传来回声。阮籍回头一看，原来是刚才那个人在长啸。

【原典】

嵇康游于汲郡山中，遇道士[1]孙登，遂与之游。康临去，登曰："君才则高矣，保身之道不足。"

【注释】

①道士：有道之人，隐居者。

【译文】

嵇康到汲郡的山中游览，遇见道士孙登，便和他一起游逛学习。嵇康临走时，孙登说："您的才能是很高了，可是保身的能力还欠缺些。"

【原典】

山公将去选曹，欲举嵇康，康与书告绝[1]。

【注释】

①"山公"句：山涛：字巨源，曾任吏部郎（也就是选曹郎），主管官吏的选授等。后来升任散骑常侍，就推荐同是竹林七贤的嵇康代其原职。嵇康原与山涛是好友，但不愿做官，认为山涛并不了解自己，就写信与山涛告绝，这就是有名的《与山巨源绝交书》。

【译文】

山涛将不再担任选曹郎职务，想推荐嵇康代替，但嵇康却写信给他宣告绝交。

【原典】

李廞是茂曾第五子，清贞有远操[1]，而少羸病，不肯婚宦。居在临海，住兄侍中墓下[2]。既有高名，王丞相欲招礼之，故辟为府掾[3]。廞得笺命[4]，笑曰："茂弘乃复以一爵假人。"

【注释】

①清贞：心性清雅贞洁。远操：远大的志向。

②兄：即李廞长兄李式，字景则，任临海太守、侍中。墓下：指墓地。

③故：特意。辟（bì）：征召。府掾（yuàn）：丞相府的属官。

④笺命：授官文书。

⑤茂弘：王导的字。假：借给人，给予人。

【译文】

李廞是李重的第五个儿子，为人清正，品德高尚，但从小就瘦弱多病，所以不肯结婚、做官。他住在临海郡，暂住在兄长李式的陵园里。他有了很大的名望以后，丞相王导想聘请并礼待他，特意调他来做相府的属官。李廞得到王导的授官文书，笑着说："王导竟然拿一个官爵来送给我。"

【原典】

何骠骑弟以高情避世[1]，而骠骑劝之令仕，答曰："予第五之名，何必减骠骑[2]！"

【注释】

①何骠骑：何充，曾任骠骑将军。他弟弟何准，排行第五，兄弟俩同样有名望。

②何必：未必，不见得。减：逊色，不如。

【译文】

骠骑将军何充的弟弟因为情趣高尚而隐居，何充劝导他，要他出来做官，他回答说："我何家老五的名望未必比你的骠骑将军逊色吧！"

贤媛第十九

“旧国皆湮灭，先王亦莫寻。唯传贤媛陇，犹结后人心。”因古代女性普遍教育程度很低，贤媛往往比贤人更为难得。

【原典】

陈婴者，东阳人。少修德行，著称乡党[①]。秦末大乱，东阳人欲奉婴为王，母曰："不可！自我为汝家妇，少见贫贱，一旦富贵，不祥。不如以兵属[②]人，事成，少受其利；不成，祸有所归。"

【注释】

①"陈婴"句：据《史记·项羽本纪》载，陈婴原是东阳县的书吏。陈涉起义后，东阳人杀了县令，聚集几千人，强立陈婴为首领，遭陈母反对，才依附项梁。乡党：乡里。

②属（zhǔ）：交付。

【译文】

陈婴是东阳县人。从小就注意道德品行的修养，在乡里很有名望。秦末，天下大乱，东阳人想拥护陈婴做首领，陈母对陈婴说："不行！自从我做了你家的媳妇后，从年轻时起就遇到你家贫贱，现在一旦暴得富贵，这是不吉利的。不如把军队交给别人，事成了，可以稍为得些好处；失败了，灾祸自有他人承担。"

【原典】

汉元帝宫人既多，乃令画工图之，欲有呼者，辄披[①]图召之。其中常者，皆行货赂[②]。王明君[③]姿容甚丽，志不苟求[④]，工遂毁为其状[⑤]。后匈奴来和，求美女于汉帝，帝以明君充行[⑥]。既召见而惜之，但名字已去，不欲中改，于是遂行。

【注释】

①披：翻阅。

②货赂：贿赂。

③王明君：王昭君。晋人因避晋文帝司马昭讳改称为王明君。

④苟求：苟且求情。

⑤毁为其状：作画时毁坏其容貌。

⑥充行：冒充皇室之女出嫁匈奴。

【译文】

汉元帝的宫女很多，于是就派画工去画下她们的模样，想要召唤她们时，就翻看画像按图召见。宫女中那些相貌一般的人都贿赂画工。王昭君容貌非常美丽，不愿用不正当的手段去乞求，画工就丑化了她的容貌。后来匈奴来要求和亲，向汉元帝求赐美女，元帝便拿昭君当作皇室之女嫁去。等到召见以后才发现昭君很美，又舍不得她了。但是名字已经送到匈奴那了，又不想中途更改，于是王昭君就去了匈奴。

【原典】

汉成帝幸赵飞燕，飞燕谗班婕妤祝诅，于是考问[1]。辞曰："妾闻死生有命，富贵在天[2]。修善尚不蒙福，为邪欲以何望？若鬼神有知，不受邪佞之诉[3]；若其无知，诉之何益？故不为也。"

【注释】

①赵飞燕：入宫后得宠，后来许皇后废，立她为皇后。班婕妤（jié yú）：婕妤是后宫妃嫔的称号。班婕妤初选入宫时也得到宠幸，立为婕妤。祝（zhóu）诅：诅咒。祝：同"咒"。考问：拷问。

②辞：供词。"死生"句：语出《论语·颜渊》。

③邪佞：邪恶谄媚。诉：指诅咒。

【译文】

汉成帝宠幸赵飞燕，飞燕诬陷班婕妤，说她祈求鬼神加祸于她，于是成帝就拷问班婕妤。班的供词说："我听说死生由命运来决定，富贵随天意去安排。做好事尚且不一定得福，起邪念又想得到什么呢？如果鬼神有知觉，就不会接受那种邪恶谄佞的诅咒；如果鬼神没有知觉，向它诅咒又有什么好处呢？所以我是不会做这种事的。"

【原典】

魏武帝崩，文帝悉取武帝宫人自侍。及帝病困，卞后[1]出看疾。太后入户，见直侍[2]并是昔日所爱幸者。太后问："何时来邪？"

云："正伏魄时过[3]。"因不复前而叹曰："狗鼠不食汝余，死故应尔[4]！"至山陵，亦竟不临[5]。

【注释】

①病困：病重。卞后：卞王后，是魏武帝曹操的王后，魏文帝曹丕的母亲。魏文帝登帝位后，尊为皇太后。

②直侍：当班服侍的人。

③伏魄：同"复魄"。人快死时，拿他平时穿的衣服到门外招魂，让魂魄回来，这叫复魄。这里指曹操将死之时。

④"狗鼠"句：比喻被人所轻贱，不如禽兽。

⑤山陵：帝王陵墓。竟：终于。临：指哭吊。

【译文】

魏武帝曹操死后，文帝曹丕把武帝的宫女全都留下来侍奉自己。到文帝病重的时候，他母亲卞后去探病。卞太后一进内室，看见值班、侍奉的都是从前曹操所宠爱的人。太后就问她们："你们什么时候过来的？"她们说："正在为武帝招魂时过来的。"太后便不再往前去，叹息道："狗鼠都不吃你吃剩的东西，确是该死呀！"一直到文帝去世举行葬礼，太后终于也没有去哭吊。

【原典】

赵母嫁女，女临去，敕[1]之曰："慎勿为好[2]！"女曰："不为好，可为恶邪？"母曰："好尚不可为，其况恶乎！"

【注释】

①敕：告诫。

②慎勿为好：古代有以为做好事，会受到好人的妒忌，因为人们不喜欢别人超过自己。余嘉锡《世说新语笺疏》以为："盖古之教女者之意，特不愿其遇事表暴，斤斤于为善之名，以招人之妒忌，而非禁之使不为善也。"

【译文】

赵母嫁女儿，女儿临出门时，她告诫女儿说："千万不要做好事！"女儿问道："不做好事，可以做坏事吗？"母亲说："好事尚且不能做，何况是坏事呢！"

【原典】

许允妇是阮卫尉[①]女，德如妹，奇丑。交礼竟[②]，允无复入理，家人深以为忧。会允有客至，妇令婢视之，还答曰："是桓郎。"桓郎者，桓范也。妇云："无忧，桓必劝入。"桓果语许云："阮家既嫁丑女与卿，故当[③]有意，卿宜察之。"许便回入内，既见妇，即欲出。妇料其此出，无复入理，便捉裾[④]停之。许因谓曰："妇有四德[⑤]，卿有其几？"妇曰："新妇所乏唯容尔。然士有百行[⑥]，君有几？"许云："皆备。"妇曰："夫百行以德为首，君好色不好德，何谓皆备？"允有惭色，遂相敬重。

【注释】

①阮卫尉：阮共，字伯彦，在魏朝官至卫尉卿。

②交礼：指结婚时进行的交拜礼。竟：完毕。

③故当：必定，自然。

④裾：衣服的大襟，也指衣服的前后部分。

⑤四德：即妇德、妇言、妇容、妇功。

⑥百行：指各种好的品行。

【译文】

许允的妻子是卫尉卿阮共的女儿，阮德如的妹妹，长相特别丑。新婚行完交拜礼，许允就不再想进新房去，家里人都十分担忧。正好有位客人来看望许允，新娘便叫婢女去打听是谁，婢女回报："是桓郎。"桓郎就是桓范。新娘说："不用担心，桓氏一定会劝他进来的。"桓范果然劝许允："阮家既然嫁个丑女给你，想必是有用意的，你应该体察明白。"许允便转身进入新房，见了新娘，即刻就想退出。新娘料定他这一走再也不可能进来了，就拉住他的衣襟让他留下。许允便问她："妇女应该有四种美德，你有其中的哪几种呢？”新娘说：“我所缺少的只是容貌罢了。可是读书人应该有各种好品行，你有几种呢？”许允说：“样样都有。”新娘说：“各种好品行里头首要的是德，可是你爱色不爱德，怎么能说样样都有呢？”许允听了面有愧色，从此夫妇俩便互相敬重。

术解第二十

“汉祖西来秉白旄，子婴宗庙委波涛。谁怜君有翻身术，解向秦宫杀赵高。”古之术解非学问、非学识，乃一种源于经验的技能，虽为读书人不齿，但很能显示古人之智慧。

【原典】

荀勖善解音声，时论谓之“闇解”[①]。遂调律吕，正雅乐[②]。每至正会[③]，殿庭作乐，自调宫商，无不谐韵。阮咸妙赏，时谓“神解”[④]。每公会[⑤]作乐，而心谓之不调，既无一言直勖[⑥]，意忌之，遂出阮为始平太守。后有一田父耕于野，得周时玉尺，便是天下正尺。荀试以校己所治钟鼓、金石、丝竹，皆觉短一黍，于是伏阮神识[⑦]。

【注释】

①荀勖（xù）：晋代初年任中书监、侍中。曾经掌管音乐，校正音律。闇（ān）解：精通，自然了解。

②律吕：音律。雅乐：古代帝王用于祭祀、朝贺、宴享等大典的乐曲，要求中正和平、典雅纯正，故称雅乐。汉末纷乱，雅乐亡失。荀勖重新制作正音的律管，但因为古今尺寸长短不同，所以不易和古律相应。

③正（zhēng）会：元旦朝会。

④阮咸：阮咸曾任散骑侍郎，妙解音律，善弹琵琶。荀勖每逢和他谈论音律，都自以为远远比不上他。阮咸认为荀勖所作新律声高，高则悲。神解：融会贯通，悟性过人。

⑤公会：因公事聚会。

⑥直：使之直、正确；纠正。

⑦黍：黄米。古代把一百粒黍排列起来的长度认作一尺，用这个标准尺寸来制律管。伏：佩服。神识：见识高超。

【译文】

荀勖精通乐理，当时的舆论称他是“闇解”。他于是调整音律，校正雅乐。每到正月初一举行朝贺礼时，殿堂上演奏音乐，他亲自调整五音，无不和谐。阮咸对音乐有很高的欣赏能力，当时的舆论认为他是“神解”。每当因公事聚会奏乐，他心里都认为不协调，没有一句肯定荀勖的话。荀勖心里忌恨他，便调他出京任始平太守。后来有一个农民在地里干活，得到周代一把玉尺，这就是国家的标准尺。荀勖试着用它来校对自己所调试的各种乐器的律管，都较标准尺短了一黍的长度，于是才佩服阮咸见识高超。

【原典】

荀勖尝在晋武帝坐上食笋进饭，谓在坐人曰："此是劳薪[1]炊也。"坐者未之信，密遣问之，实用故车脚[2]。

【注释】

①劳薪：以使用过度的木材为柴火。

②车脚：车轮。

【译文】

荀勖曾经在晋武帝的宴席上吃笋下饭，他对在座的人说："这是拿使用过度的木料作柴火煮的。"在座的人不相信，暗中派人去问这事，才知道的确是拿旧车轮作柴火煮成的。

【原典】

人有相羊祜父墓，后应出受命君[1]。祜恶其言，遂掘断墓后以坏其势[2]。相者立视之，曰："犹应出折臂三公[3]。"俄而祜坠马折臂，位果至公。

【注释】

①受命君：指受天之命的君主。即迷信的说法认为祖坟有帝王气。

②恶（wù）：厌恶。势：指地理形势，这里含风水的意思。

③三公：晋代的三公指太尉、司徒、司空。羊祜在晋武帝时任征南大将军，死后追赠太傅，属于八公。

【译文】

有个会看风水的人看了羊祜父亲的坟墓，说后代中会出一位真命天子。羊祜厌恶他的话，就把坟后挖断，以便破坏坟山的气脉。看风水的人马上又去看，说道："还是会出一位折臂的三公人物。"不久羊祜从马背上跌下来，摔断了手臂，后来果然升到三公的官位。

【原典】

王武子善解马性。尝乘一马，著连钱障泥①，前有水，终日不肯渡。王云："此必是惜障泥。"使人解去，便径渡。

【注释】

①连钱：一种花饰，像钱纹。障泥：垫马鞍的垫子，下垂至马腹，用来挡泥土。

【译文】

王济善于了解马的脾性。他曾经骑马外出，马背上盖着连钱花纹的垫子，碰到前面有条河，马始终不肯渡过去。王济说："这一定是马舍不得弄湿垫子。"叫人解下垫子，马就径直渡过去了。

【原典】

陈述①为大将军掾，甚见爱重。及亡，郭璞往哭之②，甚哀，乃呼曰："嗣祖，焉知非福！"俄而大将军作乱，如其所言。

【注释】

①陈述：字嗣祖，很有名望，任大将军王敦的属官。

②敦璞：精通卜筮之术。初受王导器重，参王导军事，后在王敦幕府里任记室参军。郭璞已预知王敦要作乱。

【译文】

陈述任大将军王敦的属官，特别受到王敦的赏识和重视。到他死时，郭璞去哭丧，哭得非常悲痛，竟然哭喊着说："嗣祖，怎么知道英年早逝不是你该有的福分呀！"不久王敦反叛作乱，正像郭璞所说的那样。

【原典】

晋明帝解①占冢宅，闻郭璞为人葬②，帝微服③往看，因问主人："何以葬龙角④？此法当灭族！"主人曰："郭云此葬龙耳，不出三年，当致天子。"帝问："为是出天子邪？"答曰："非出天子，能致天子问耳。"

【注释】

①解：会，懂。

②为人葬：为人选择地方安葬。

③微服：指改穿平民衣服以隐藏身份。

④龙角：看风水的人以山势为龙，山的起伏连绵的脉络为龙脉。此指墓穴选择在龙角的位置上。

【译文】

晋明帝会按风水选择坟地和宅基地，他听说郭璞为别人找了一块坟地，就换上便服去察看，然后问墓地主人："为什么葬在龙角的位置上？这种葬法将会灭族的！"主人说："郭璞说这是葬在龙耳的位置上，不出三年，就会引来天子。"明帝问："是引来天子，还是出个天子呢？"主人回答说："不是出个天子，是能引得天子来询问而已。"

【原典】

郭景纯过江，居于暨阳，墓去水不盈百步，时人以为近水[1]。景纯曰："将当为陆。"今沙涨，去墓数十里皆为桑田[2]。其诗曰："北阜烈烈，巨海混混[3]，垒垒三坟，唯母与昆[4]。"

【注释】

①"郭景纯"句：郭景纯即郭璞，他在西晋末，知天下将乱，便避乱过江，住在暨阳（今江苏江阴县境）。这句所说的"墓"没有指明是谁的墓，疑有脱字。《晋书·郭璞传》说："璞以母忧去职，卜葬地于暨阳，去水百步许。"知是郭母墓。从下文看，又可能是指郭璞母亲和两个哥哥的墓。步：古代的长度单位，三百步为一里。

②桑田：指农田。

③"北阜"句：大意是，北山险峻陡峭，大海波涛滚滚。烈烈：形容山的高峻险阻。混混：同"滚滚"，形容大水翻腾。

④"垒垒"句：大意是，三座坟墓高高堆起，那就是母亲和

两个哥哥。垒垒：形容堆积。昆：指哥。

【译文】

郭璞到了江南，住在暨阳县，他母亲的坟墓离大江不足百步。当时有人认为离江太近了，郭璞说："这里将会成为陆地。"如今泥沙已经增高了，距离墓地几十里远的地方都变成了农田。郭璞有诗为记："北面的土山高高耸起，大海波涛滚滚东去，重重叠叠的三座坟墓，是母亲与二位兄长的长眠之地。"

【原典】

王丞相令郭璞试作一卦。卦成，郭意色甚恶，云："公有震厄①。"王问："有可消伏理不②？"郭曰："命驾③西出数里，得一柏树，截断如公长，置床上常寝处，灾可消矣。"王从其语。数日中，果震柏粉碎，子弟皆称庆。大将军云："君乃复委罪于树木！"

【注释】

①震：响雷。厄：灾难。

②消伏：消除。理：办法。

③命驾：指出行。

【译文】

丞相王导叫郭璞试着占一卦，卦象得出来后，郭璞的心情和脸色都很不好，说："您有遭雷击的灾难。"王导问："有没有办法可以消除灾难？"郭璞说："坐车往西走几里地，那里有一棵柏树，截下一段和您一样高的树干，放在床上经常睡觉的那个位置，灾难就可以消除了。"王导照他说的去做。过了几天，雷电果然把柏木击得粉碎，王家子弟们都表示庆贺。大将军王敦对郭璞说："你竟然能把罪过推给了树木！"

巧艺第二十一

“谁识飞竿巧艺全。儿童群戏艳阳天。十分险处却安然。海燕舞空萦弱絮，岭猿连臂下层颠。算来真个肉飞仙。”古有“六艺”，能达到别人所不及的程度，方可称作巧艺。

【原典】

弹棋始自魏，宫内用妆奁戏[1]。文帝于此戏特妙，用手巾角拂之，无不中。有客自云能，帝使为之。客著葛巾[2]角，低头拂棋，妙逾于帝。

【注释】

①“弹棋”句：弹棋是一种赌输赢的棋类游戏。相传起源于西汉，到曹操掌权时，宫女用金钗、玉梳在镜匣上作弹棋游戏，其实非始自魏宫内。

②葛巾：用葛布做的头巾。弹棋是用手把棋子弹起，魏文帝和客人不用手，所以称妙。

【译文】

弹棋的游戏是从魏代后宫开始出现的，宫女们用梳妆的镜匣来游戏。魏文帝对这种游戏特别精通，能用手巾去弹起棋子，没有弹不中的。有位客人自称也能这样做，文帝就叫他试一试。客人戴着葛巾，就低着头用葛巾角去拨动棋子，比文帝做得更妙。

【原典】

陵云台楼观精巧[1]，先称平众木轻重，然后造构，乃无锱铢相负揭[2]。台虽高峻，常随风摇动，而终无倾倒之理。魏明帝登台，惧其势危，别以大材扶持之，楼即颓坏。论者谓轻重力偏故也。

【注释】

①陵云台：楼台名，在洛阳。楼观：楼台。

②锱铢：指微小的数目。锱和铢都是重量单位，有说六铢为一锱，四锱为一两。负揭：指秤杆的下垂与翘起，高下。

【译文】

陵云台的楼台设计精巧，建造之前先称过所有木材的轻重，使四面所用木材的重量相等，然后才筑台，因此四面重量不差分毫。楼台虽然高峻，常常随风摇摆，可是始终没有倒塌。魏明帝登上陵云台，害怕它的状况危险，另外用大木头支撑着它，楼台随即就倒塌了。议论者都认为这是轻重失去平衡的缘故。

【原典】

韦仲将[①]能书。魏明帝起殿，欲安榜，使仲将登梯题之[②]。既下，头鬓皓然[③]。因敕[④]儿孙勿复学书。

【注释】

①韦仲将：韦诞，字仲将，书法家，官至光禄大夫。

②“魏明帝”句：据传魏明帝建陵云殿，匾额还没有题字，就误钉上去了，于是叫擅长写楷书的大臣韦仲将登梯题匾。榜：匾。

③皓然：雪白的样子。韦诞因登高危惧而且费力，以致头鬓皓然，可能有些夸张。

④敕：告诫。

【译文】

韦诞擅长书法。魏明帝修建宫殿，想挂个匾额，就派韦诞登上梯子去题匾。题完字下来后，他的鬓发全白了。因此韦诞便告诫子孙不要再学习书法。

【原典】

钟会是荀济北从舅，二人情好不协[①]。荀有宝剑，可直[②]百万，常在母钟夫人许。会善书，学荀手迹，作书与母取剑，仍窃去不还[③]。荀勖知是钟而无由得也，思所以报之。后钟兄弟以千万起一宅，始成，甚精丽，未得移住。荀极善画，乃潜往画钟门堂，作太傅[④]形象，衣冠状貌如平生。二钟[⑤]入门，便大感恸，宅遂空废。

【注释】

①荀济北：荀勖，晋武帝即位时，封为济北郡公，固辞为侯。情好：交情。不协：不和睦。

②直：同“值”。

③仍：就，于是。

④门堂：门和厅堂，指家里。太傅：指钟繇，魏朝太傅，是钟会的父亲。

⑤二钟：指钟会和钟毓兄弟。

【译文】

钟会是济北公荀勖的堂舅，两人感情不和。荀勖有一把宝剑，价值百万，经常放在他母亲钟夫人那里。钟会擅长书法，就模仿荀勖笔迹，写了一封信给他母亲要宝剑，于是骗走了宝剑不还回来。荀勖知道是钟会干的事，可是没有办法要回来，就想办法报复他。后来钟家兄弟花了千万钱修建了一所住宅，刚落成，非常精美，还没有搬进去住。荀勖很擅长绘画，就偷偷地到钟会的新居去，画上钟繇的像，衣冠相貌都和生前一模一样。钟毓和钟会兄弟进门看见，就大为感伤哀痛，不愿住进去，房子于是就闲置不用了。

【原典】

羊长和博学工[①]书，能骑射，善围棋。诸羊后多知书，而射、弈余艺[②]莫逮。

【注释】

①羊长和：羊忱的字。工：擅长。

②弈：下围棋。艺：技艺。

【译文】

羊忱学识广博，擅长书法，能骑马射箭，还擅长下围棋。羊家后代多数懂书法，可是射箭、下棋这些技能，却没有谁能赶上羊长和。

【原典】

戴安道[①]就范宣学，视范所为：范读书亦读书，范抄书亦抄书。唯独好画，范以为无用，不宜劳思[②]于此。戴乃画《南都赋图》[③]，范看毕咨嗟，甚以为有益，始重画。

【注释】

①戴安道：戴逵，字安道，不远千里到豫章去拜范宣为师。范宣精通经学，以讲诵为业，很看重戴逵。

②劳思：花费心思。

③《南都赋》：汉代张衡作，记述了汉朝旧都南阳的盛况。

【译文】

戴逵登门向范宣学习，处处模仿范宣的做法：范宣读书，他也读书，范宣抄书，他也抄书。唯独他偏偏喜欢绘画，范宣认为没有用处，不应该在这方面费心劳神。戴逵于是画了一幅《南都赋图》，范宣看完赞叹不已，认为很有好处，这才重视绘画。

【原典】

谢太傅云："顾长康画，有苍生来所无①。"

【注释】

①顾长康：即名画家顾恺之，字长康。苍生：人类。

【译文】

太傅谢安说："顾恺之的画，是自有人类以来所没有的。"

【原典】

戴安道中年画行像①甚精妙。庾道季看之，语戴云："神明太俗，由卿世情未尽②。"戴云："唯务光当免卿此语耳③。"

【注释】

①行像：用宝车载着佛像在城市街道上巡行的一种宗教仪式。一般多在佛生日举行。一说即行乐图，游玩娱乐的人像画。

②世情：世俗之情。

③务光：传说是夏朝人，隐士。商汤要讨伐夏桀时和他商量，他说："非吾事也。"后来商汤要把天下让给他，他说："吾闻无道之世，不践其土，况让我乎？"负石自沉于水。

【译文】

戴逵中年时画佛像，画得非常精妙。庾道季看了他的画，对他说："神像画得太俗气，这是因为你还没有完全摆脱世俗之情。"戴逵说："只有务光才能避免受到你这样的评论吧。"

宠礼第二十二

“积善有余庆，宠禄固天常。式宴不违礼，君臣歌鹿鸣。”因宠爱而超出礼法，可谓宠之极致，这种礼遇往往为古代克己复礼的君子所追求。

【原典】

元帝正会，引王丞相登御床，王公固辞，中宗引之弥苦[1]。王公曰："使太阳与万物同辉，臣下何以瞻仰？"

【注释】

①"元帝"句：晋元帝司马睿，死后的庙号是中宗。元帝初为琅邪王时，王导就倾心辅佐他，后来即帝位，任王导为中书监、录尚书事。弥苦：更加恳切。

【译文】

晋元帝在正月初一举行朝贺礼时，拉着丞相王导登上御座和自己坐在一起，王导坚决推辞，元帝更加恳切地拉着他。王导说："如果让太阳和万物一起发光，臣下又怎么瞻仰太阳呢？"

【原典】

桓宣武尝请参佐入宿，袁宏、伏滔相次而至。莅名，府中复有袁参军。彦伯疑焉，令传教更质[1]。传教曰："参军是袁、伏之袁，复何所疑？"

【注释】

①袁宏：字彦伯，很有才华，和伏滔一起任桓温的参军，将军府的人称二人为"袁、伏"。袁宏认为，和伏滔并列是一种耻辱。传教：传达教令的郡吏，指传令官。更质：再次询问。

【译文】

桓温曾经请他的属官入府值宿，袁宏和伏滔接连来到。签到值宿时，因府中还有个袁参军，袁宏怀疑名单上的袁参军是不是自己，便叫传令官再查问一下。传令官说："参军就是袁、伏的袁，还怀疑什么呢？"

【原典】

王珣、郗超并有奇才，为大司马所眷拔。珣为主簿，超为记室参军。超为人多髯[1]，珣形状短小，于时荆州为之语曰："髯参军，短主簿，能令公喜，能令公怒。”

【注释】

①髯：面颊上的胡须。

【译文】

王珣和郗超都有特殊的才能，受到大司马桓温的器重和提拔。王珣担任主簿，郗超担任记室参军。郗超这个人胡子很多，王珣身材矮小，当时荆州人给他们编了几句歌谣说：“大胡子参军，矮个子主簿，能叫桓公欢喜，能叫桓公发怒。”

【原典】

许玄度停都一月，刘尹无日不往[①]，乃叹曰：“卿复少时不去，我成轻薄京尹[②]！”

【注释】

①“许玄度”句：许玄度能清谈，名望很高。刘惔也擅长清谈，在许玄度入京时，特地准备个书斋给他住。

②京尹：京兆尹，京都的长官。刘惔为丹阳尹，丹阳郡的首府就是建康。

【译文】

许玄度在京都停留了一个月，丹阳尹刘惔没有一天不去看他，于是叹息说：“你过些天还不走，我就要成为轻薄的京兆尹了！”

【原典】

孝武在西堂会，伏滔预坐[①]。还，下车呼其儿，语之曰：“百人高会，临坐未得他语，先问：‘伏滔何在？在此不？’此故未易得[②]。为人作父如此，何如？”

【注释】

①伏滔：原为桓温参军，后任著作郎，专掌国史，领本州大中正。

②故：确实。

【译文】

晋孝武帝在西堂会见群臣，伏滔也在座。他回到家，一下车就叫他儿子来，告诉儿子说："举行上百人的盛会，天子一落座，还来不及说别的话，就先问：'伏滔在哪里？在这里吗？'这种宠幸确实不容易得到的。做父亲的能达到这样，你看怎么样？"

【原典】

卞范之为丹阳尹，羊孚南州暂还，往卞许，云："下官疾动[①]，不堪坐。"卞便开帐拂褥，羊径上大床，入被须枕。卞回坐倾睐，移晨达莫[②]。羊去，卞语曰："我以第一理期卿，卿莫负我[③]！"

【注释】

①动：发作，这里指药性发作，羊孚也是服五石散的。

②倾睐：注视。莫：同"暮"。

③第一理：最高的情理。卞范之当时正从桓玄谋反，给羊孚如此礼遇，也是拉拢羊孚，结党营私之意。

【译文】

卞范之任丹阳尹的时候，羊孚从南州暂时回京，到卞范之家去看望他，说："我的病发作了，坐不住。"卞范之就拉开帐子，把褥子掸干净，羊孚径直上了大床，盖上被子，靠着枕头。卞范之返回座位坐着，注视着他，两人从早晨一直谈到傍晚。羊孚要走了，卞范之对他说："我期望你成为第一等善谈义理之人，你不要辜负了我！"

任诞第二十三

“顾余真任诞，雅遂中心获。但知醉还醒，岂知玄尚曰？”贤能之人有任诞之性，在怪异行为中显示才华，往往被古人所推崇。

【原典】

陈留阮籍、谯国嵇康、河内山涛，三人年皆相比[1]，康年少亚[2]之。预此契者[3]，沛国刘伶、陈留阮咸、河内向秀、琅邪王戎。七人常集于竹林之下，肆意酣畅，故世谓竹林七贤。

【注释】

①比：接近。

②亚：次。

③预：参加，参与。契：契会，约会。竹林七贤都是意气相投、纵酒清谈的著名人物。

【译文】

陈留阮籍、谯国嵇康、河内山涛，三人年纪相仿，嵇康的年纪比他们稍小些。参与他们聚会的人还有沛国刘伶、陈留阮咸、河内向秀、琅邪王戎。七个人经常在竹林之下聚会，纵情地开怀畅饮，所以世人叫他们作"竹林七贤"。

【原典】

阮籍[1]遭母丧，在晋文王坐，进酒肉。司隶何曾亦在坐，曰："明公方以孝治天下，而阮籍以重丧，显于公坐饮酒食肉，宜流之海外，以正风教[2]。"文王曰："嗣宗毁顿如此[3]，君不能共忧之，何谓？且有疾而饮酒食肉，固丧礼也[4]。"籍饮啖不辍[5]，神色自若。

【注释】

①阮籍：字嗣宗，晋文王司马昭任大将军时，调阮籍任从事中郎，后阮籍求为步兵校尉，放诞不羁，居丧无礼。

②重丧：重大的丧事，指父母之死。显：公开。流：流放。海外：指偏远地区。风教：风俗教化。

③嗣宗：阮籍。毁顿：毁指因哀伤过度而损害身体，顿指劳累。

④固丧礼也：《礼记·曲礼上》："居丧之礼……有疾则饮酒食肉，疾止复初。"可见饮酒食肉并不违反丧礼。

⑤饮啖：指喝酒吃肉。缀：停。

【译文】

阮籍在为母亲服丧期间，在晋文王的宴席上喝酒吃肉。司隶校尉何曾也在座，对晋文王说："您正在以孝道治理天下，可是阮籍身居重丧却公然在您的宴席上喝酒吃肉，应该把他流放到偏远之地，以端正风俗教化。"文王说："阮籍哀伤劳累到这个样子，你不能为他担忧，这是为什么呢？再说居丧期间因病而喝酒吃肉，这本来就合乎丧礼啊。"当时阮籍吃喝不停，神色自若。

【原典】

刘伶病酒[①]，渴甚，从妇求酒。妇捐[②]酒毁器，涕泣谏曰："君饮太过，非摄生之道，必宜断之[③]！"伶曰："甚善。我不能自禁，唯当祝[④]鬼神，自誓断之耳。便可具酒肉。"妇曰："敬闻命。"供酒肉于神前，请伶祝誓。伶跪而祝曰："天生刘伶，以酒为名，一饮一斛，五斗解酲[⑤]。妇人之言，慎不可听。"便引酒进肉，隗然[⑥]已醉矣。

【注释】

①刘伶：字伯伦，竹林七贤之一，性好酒，曾作《酒德颂》说："惟酒是务，焉知其余……无思无虑，其乐陶陶。"病酒：饮酒沉醉，醒后困乏如病，叫病酒。病酒要用饮酒来解除，这就是下文说的解酲。

②捐：舍弃，倒掉。

③摄生：养生。宜：应该。

④祝：向鬼神祷告。

⑤名：同"命"。一斛：十斗。斗指酒斗，古代的盛酒器。酲（chéng）：酒醒后神志不清有如患病的状态。

⑥隗（wěi）然：颓然，醉倒的样子。

【译文】

刘伶因饮酒过度身体不适，口渴得厉害，就向妻子要酒喝。他妻子把酒倒掉，把装酒的容器也毁了，哭着劝告他说："你喝得太多，这不是保养身体的办法，一定要把酒戒掉！"刘伶说："是啊。不过我自己难以戒掉，只有在鬼神面前祷告发誓才能戒掉啊。你赶快准备祭祀的酒肉吧。"妻子说："我按你说的去做。"于是把酒肉供在神前，请刘伶去祷告发誓。刘伶跪着祷告说："天生我刘伶，靠喝酒出名。一喝就十斗，五斗除酒病。妇人家的话，千万不要听。"说完就拿过酒肉吃喝，一会儿就又喝得醉醺醺地倒下了。

【原典】

刘公荣与人饮酒，杂秽非类[1]。人或讥之，答曰："胜公荣者，不可不与饮；不如公荣者，亦不可不与饮；是公荣辈[2]者，又不可不与饮。故终日共饮而醉。"

【注释】

①非类：不是同类的人，这里指身份。门第不同类的人。

②辈：同一类别、等级。

【译文】

刘昶和别人喝酒时，会和不同身份、地位的人在一起，杂乱不纯。有人因此讥笑他，他回答说："酒量胜过我的人，我不能不和他一起喝；不如我的人，我也不能不和他一起喝；和我同类的人，更不能不和他一起喝。所以我整天都和别人共饮而醉倒。"

【原典】

步兵校尉缺，厨中有贮酒数百斛，阮籍乃求为步兵校尉[1]。

【注释】

①步兵校尉：官名。汉代京师置屯兵八校尉，步兵校尉掌管上林苑屯兵。厨：指步兵营的厨房，其酒量为犒劳军队而酿造的。

【译文】

步兵校尉的职位空出来了，厨房中储存着几百斛酒，阮籍就请求调去做步兵校尉。

简傲第二十四

“惊人得佳句，或以傲王公。处世要清节，滑稽安足雄。深沈似康乐，简远到安丰。一点无俗气，相期林下同。”看似不羁，却散发着一股傲气，可谓古之一类怪才也。

【原典】

晋文王功德盛大，坐席严敬，拟于王者[1]。唯阮籍在坐，箕踞啸歌，酣放自若[2]。

【注释】

①晋文王：司马昭，封为晋公，后又封为晋王，死后谥为文王。阮籍在世时，他只是晋公。坐席：座位，这里指满座的人。

②酣放自若：放纵不羁，尽情饮酒。

【译文】

晋文王司马昭功业兴旺，恩德深厚，在席位上严肃庄重，可与君王相比。只有阮籍在座上，伸开两腿坐着，啸咏歌唱，痛饮放纵，不改常态。

【原典】

王戎弱冠诣阮籍，时刘公荣在坐。阮谓王曰："偶[1]有二斗美酒，当与君共饮，彼公荣者无预焉。"二人交觞酬酢[2]，公荣遂不得一杯，而言语谈戏，三人无异。或有问之者，阮答曰："胜公荣者，不得不与饮酒；不如公荣者，不可不与饮酒；唯公荣可不与饮酒[3]。"

【注释】

①偶：碰巧，恰好。

②交觞：互相敬酒。觞，酒杯。酬酢：宾主互相敬酒。

③"胜公荣"句：是借用刘公荣的话开玩笑。

【译文】

王戎青年时代去拜访阮籍，这时刘公荣也在座。阮籍对王戎说："碰巧有二斗好酒，该和你一起喝，那个公荣就不用参与进来了。"两人频频举杯，互相敬酒，刘公荣始终得不到一杯，可是言谈耍笑，三人仍和平常一样。有人问阮籍为什么这样做，阮籍回答说："胜过公荣的人，我不能不和他一起喝酒；比不上公荣的人，又不可不和他一起喝酒；只有公荣这个人，可以不和他一起喝酒。”

【原典】

钟士季精有才理[①]，先不识嵇康，钟要于时贤俊之士[②]，俱往寻康。康方大树下锻，向子期为佐鼓排[③]。康扬槌不辍，傍若无人，移时不交一言。钟起去，康曰："何所闻而来？何所见而去？"钟曰："闻所闻而来，见所见而去。"

【注释】

①钟士季：即钟会，因访问嵇康受到冷遇，怀恨在心，后借故在司马昭前诬陷嵇康，嵇康终于被杀害。才理：才思。

②要：约请。贤俊：贤能才俊。

③排：风箱。

【译文】

钟会有精深的才思，先前不认识嵇康，他邀请当时一些才德出众的人士一起去寻访嵇康。碰上嵇康正在大树下打铁，向子期帮他打下手拉风箱。嵇康继续挥动铁锤，没有停下，旁若无人，过了好一会儿也不和钟会他们说一句话。钟会起身要走，嵇康才问他："你听到了什么才来的？看到了什么才走的？"钟会说："听到了所听到的才来，看到了所看到的才走。"

【原典】

嵇康与吕安善，每相思，千里命驾[①]。安后来，值康不在，喜出户延之，不入，题门上作"凤"去[②]。喜不觉，犹以为欣，故作。"凤"字凡鸟[③]也。

【注释】

①"每相思"句：《晋书·嵇康传》："东平吕安服康高致，每一相思，辄千里命驾。"

②喜：嵇喜，嵇康的哥哥，曾任扬州刺史。延：迎接，邀请。凤：繁体字作"鳳"，是由凡、鸟两个字组成的。

③凡鸟：比喻平凡的人物。吕安轻视权贵，看不起嵇喜这种凡俗之士，所以用这个字来表示轻蔑。

【译文】

嵇康和吕安很友好，每当想念对方，即使相隔千里，也立刻动身前去相会。后来有一次，吕安到来，正碰上嵇康不在家，嵇喜出门来邀请他进去，吕安不肯，只在门上题了个“凤”字就走了。嵇喜没有察觉吕安的用意，还以为他很高兴，所以才题字的。“凤（鳯）”字，它分开来就是凡鸟呀。

【原典】

陆士衡初入洛，咨张公所宜诣[1]，刘道真是其一。陆既往，刘尚在哀制中。性嗜酒，礼毕，初无他言，唯问：“东吴有长柄壶卢[2]，卿得种来不？”陆兄弟殊失望，乃悔往[3]。

【注释】

①陆士衡：陆机，字士衡，吴人，吴亡后入晋。张公：张华。博学多才，德高望重，得到陆机兄弟推重。咨：询问。所宜诣：所应当拜访的人。

②东吴：三国时的吴国，世称东吴，吴地也称东吴。壶卢：同“葫芦”，可作盛酒容器。

③“陆既往”句：刘道真在居丧期间仍嗜酒，这是不守礼法的表现。在魏晋，并不认为这是傲慢、放诞的举动，可是从吴地世家大族出来的陆氏兄弟仍不能赞同这种风气。

【译文】

陆机初到京都洛阳，征求张华的意见，看看应该去拜访谁，张华认为其中之一就是刘道真。陆氏兄弟前去拜访时，刘道真还在守孝期。他生性喜欢喝酒，行过见面礼，并没有谈别的话，只是问：“东吴有一种长柄葫芦，你带来种子没有？”陆家兄弟俩特别失望，很后悔去这一趟。

【原典】

王平子出为荆州，王太尉及时贤送者倾路[①]。时庭中有大树，上有鹊巢，平子脱衣巾，径上树取鹊子，凉衣拘阂树枝[②]，便复脱去。得鹊子还下弄[③]，神色自若，傍若无人。

【注释】

①王平子：王澄，是王衍的弟弟。一生放荡不羁，日夜纵酒，穷欢极乐。倾路：指满路，比喻全部出动。

②凉衣：汗衫，内衣。拘阂：挂着，钩着。

③弄：戏耍，拿着玩。

【译文】

王澄要外调任荆州刺史，太尉王衍和来送行的当时名流挤满了道路。当时院子里有棵大树，树上有个喜鹊窝，王澄脱去上衣和头巾，径直爬上树去掏小喜鹊，汗衫挂住树枝，就再把汗衫脱掉。他掏到了小喜鹊后又下来继续玩弄，神态自若，旁若无人。

排调第二十五

“风雨思齐诗，草木怨楚调。本无心击排，胜日用歌啸。”能言善辩实为古之贤人的重要才能之一，不仅用于国家政事，也用于朋友间的唱和应答。

【原典】

诸葛瑾为豫州，遣别驾到台[1]，语云："小儿知谈[2]，卿可与语。"连往诣恪[3]，恪不与相见。后于张辅吴[4]坐中相遇，别驾唤恪："咄咄郎君[5]。"恪因嘲之曰："豫州乱矣，何咄咄之有？"答曰："君明臣贤，未闻其乱。"恪曰："昔唐尧在上，四凶在下[6]。"答曰："非唯四凶，亦有丹朱[7]。"于是一坐大笑。

【注释】

①别驾：官名。台：中央机关的官署。

②小儿：这里指其子诸葛恪。知谈：擅长言谈。

③恪：诸葛恪，字元逊，诸葛瑾的长子，年轻时就有才名，善应辩，在吴国官至太傅，为孙峻所害。

④张辅吴：张昭，字子布，在吴国任辅吴将军。

⑤咄咄：叹词，表示惊讶。郎君：尊称贵公子或上司的子弟为郎君。

⑥唐尧：传说是远古的贤明君主。四凶：指四个凶暴的人，即尧时的浑敦、穷奇、梼杌、饕餮，是四个部族的首领。一说指舜时的共工、驩兜、三苗、鲧。

⑦丹朱：尧的儿子，名朱，因居丹水而得名，为人傲慢。

【译文】

诸葛瑾任豫州刺史的时候，派遣别驾入朝，并告诉他说："我的儿子善于谈吐，你可以和他谈论谈论。"别驾接连去拜访诸葛恪，诸葛恪都不和他见面。后来在张昭家中作客时相遇，别驾招呼诸葛恪："哎呀，公子！"诸葛恪于是嘲笑他说："豫州乱了吗，有什么好哎呀的？"别驾回答说："君主圣明，臣子贤良，没有听说那里出现混乱。"诸葛恪说："古时上面虽有唐尧，下面仍有四凶。"别驾回答说："不仅有四凶，还有唐尧的儿子丹朱。"于是满座的人都大笑起来。

【原典】

晋文帝与二陈共车，过唤钟会同载，即驶车委去[1]。比[2]出，已远。既至，因嘲之曰：“与人期行[3]，何以迟迟？望卿遥遥[4]不至。”会答曰：“矫然懿实[5]，何必同群？”帝复问会：“皋繇[6]何如人？”答曰：“上不及尧、舜，下不逮周、孔，亦一时之懿士[7]。”

【注释】

①委去：抛弃，丢弃。

②比：等到。

③期行：约定同行。

④遥遥：形容时间长久。因为钟会的父亲名繇，而繇和遥同音，所以用“遥遥”来戏弄钟会。

⑤矫然：形容高超出众。懿实：指有美德实才的人，懿：指美好。陈骞的父亲名陈矫，晋文帝的父亲是司马懿，陈泰的父亲名陈群，祖父名陈寔。钟会在回答时或者直用其名，或者用同音字，以此来报复他们三人。

⑥皋繇（gāo yáo）：舜时的法官。“繇”和钟会父亲的名字同字同音。

⑦懿士：有懿德（美德）的人。

【译文】

晋文帝司马昭和陈骞、陈泰一起乘车，当车子经过钟会家时，招呼钟会一同乘车，可是还没等他出来，就丢下他驾车离开了。等钟会出来，车子已经走远了。他赶到以后，晋文帝借机嘲笑他说：“和别人约定时间一起走，你为什么迟迟不出来？大家盼着你，你却遥遥无期。”钟会回答说：“矫然懿实，何必同群？”司马昭又问钟会：“皋繇是怎样一个人？”钟会回答说：“他比上不如尧、舜，比下不如周公和孔子，但也是当时的懿德之士。”

【原典】

钟毓为黄门郎，有机警，在景王坐燕饮[1]。时陈群子玄伯、武周子元夏同在坐[2]，共嘲毓。景王曰：“皋繇何如人？”对曰：“古之懿士。”顾谓玄伯、元夏曰：“君子周而不比，群而不党[3]。”

【注释】

①钟毓：是钟会的哥哥。景王：司马懿的儿子司马师。晋国建立，追尊为景王。

②玄伯：陈泰，字玄伯。元夏：武陔，字元夏。

③“君子”两句：“君子周而不比”一句引自《论语·为政》，意指君子团结，却不互相勾结。“群而不党”一句引自《论语·卫灵公》，意指合群而不互相袒护。这两句的周、群和武周、陈群的名字相同，语意双关。

【译文】

钟毓任黄门侍郎，为人机灵敏锐，有一次陪侍景王司马师宴饮。当时陈群的儿子陈泰、武周的儿子武陔一同在座，他们一起嘲笑钟毓。司马师问：“皋繇是怎样的一个人？”钟毓回答说：“是古代的懿德之士。”又回过头对陈泰、武陔说：“君子相互团结却不相互勾结，合群共处却不结党私营。”

【原典】

嵇、阮、山、刘①在竹林酣饮，王戎后往，步兵曰：“俗物已复来败人意②！”王笑曰：“卿辈意亦复可败邪？”

【注释】

①嵇、阮、山、刘：指竹林七贤中的嵇康、阮籍、山涛、刘伶。

②俗物：魏晋时名士以脱离世务为清高，常以俗物骂那些和自己不相合的人。败人意：败坏人意，犹言扫兴，败兴。

【译文】

嵇康、阮籍、山涛、刘伶在竹林中畅饮，王戎后到，阮籍说：“俗物又来败坏大家的意兴！”王戎笑着说：“你们这帮人的意兴也能败坏吗？”

【原典】

晋武帝问孙皓："闻南人好作《尔汝歌》，颇能为不？"[1]皓正饮酒，因举觞劝帝而言曰："昔与汝为邻，今与汝为臣。上汝一杯酒，令汝寿万春[2]！"帝悔之。

【注释】

①孙皓：三国时吴国的最后一个君主。晋武帝派兵南下攻陷建业，孙皓投降。《尔汝歌》：晋时民歌。用尔汝称呼对方是失礼的，更何况君臣之间。晋武帝让降臣以尔汝称呼自己，是自取羞辱，故后悔。尔汝：相当于"你"。

②寿万春：寿万年，长寿。

【译文】

晋武帝问孙皓："听说南方人喜欢作《尔汝歌》，你可会作吗？"孙皓正在饮酒，于是举杯向武帝劝酒，并且作歌道："从前和你是近邻，现在给你做臣子。敬献给你一杯酒，祝你寿长享万春。"武帝为这件事很后悔。

【原典】

孙子荆年少时欲隐，语王武子"当枕石漱流[1]"，误曰"漱石枕流。"王曰："流可枕，石可漱乎？"孙曰："所以枕流，欲洗其耳[2]；所以漱石，欲砺其齿。"

【注释】

①枕石漱流：比喻隐居山林。枕石：用石做枕。漱流：用流水来漱口。

②洗耳：比喻不愿意过问世事。传说尧想召隐士许由为九州长，许由认为这听脏了自己的耳朵，就到河里洗耳。

【译文】

孙子荆年轻时想要隐居，告诉王武子说"应当去枕石漱流"，但口误说成了"漱石枕流"。王武子说："流水可以当枕头，但石头可以漱口吗？”孙子荆说：“枕流水是想要洗干净自己的耳朵，用石头漱口是想要磨练自己的牙齿。”

【原典】

头责秦子羽[1]云：“子曾不如太原温颙，颍川荀寓，范阳张华，士卿[2]刘许，义阳邹湛，河南郑诩。此数子者，或謇吃无宫商[3]，或尪陋希言语[4]，或淹伊[5]多姿态，或讙哗少智谞[6]，或口如含胶饴[7]，或头如巾齑杵[8]。而犹以文采可观，意思详序[9]，攀龙附凤，并登天府[10]。”

【注释】

①头责秦子羽：《张敏集》载《头责子羽文》说，是假托为子羽的头颅来谴责子羽。

②士卿：即宗正卿，为九卿之一，掌管皇族事务。刘许和张华同为范阳人，所以省去籍贯。

③謇（jiǎn）吃：口吃。无宫商：指说话没有抑扬顿挫，没有音乐美。宫商是五音宫商角徵羽中的两个音，泛指音乐。

④尪（wǎng）陋：瘦弱丑陋。希：同“稀”，少。

⑤淹伊：扭捏，矫揉造作的样子。

⑥讙哗：同“喧哗”。智谞（xū）：才智。

⑦胶饴：像胶一样黏的糖浆。

⑧巾齑（jī）杵：用头巾包着捣物的棒槌，用来比喻头小而尖。齑：指调味用的姜、蒜等碎末儿。

⑨意思：思想内容。详序：完备而有条理。

⑩攀龙附凤：原指依附帝王以建立功业，后来也用来比喻趋炎附势。天府：比喻朝廷。

【译文】

秦子羽的头颅责备他说：“你竟比不上太原温颙，颍川荀寓，范阳张华，士卿刘许，义阳邹湛，河南郑诩。这几个人，有的口吃语不成调；有的瘦弱丑陋，寡言少语；有的矫揉造作，扭捏作态；有的吵吵嚷嚷，缺少智谋；有的嘴里像含着胶质糖浆，嘟嘟囔囔；

有的头像包着头巾的棒槌。然而，他们还是因为文辞值得观赏，思想周备而有条理，很会趋炎附势，结果都能入朝为官。”

【原典】

王浑与妇钟氏共坐，见武子[1]从庭过，浑欣然谓妇曰："生儿如此，足慰人意。”妇笑曰："若使新妇得配参军，生儿故可不啻[2]如此。”

【注释】

①武子：王济，字武子，王浑的儿子。

②新妇：泛指已婚妇女，此为妇人自称。参军：王沦，字太冲，王浑的弟弟，曾为晋文王大将军参军。不啻：不止。

【译文】

王浑和妻子钟氏在一起坐着，看见他们的儿子王济从院中走过。王浑高兴地对妻子说："生了个这样的儿子，足够令人宽慰如意了。”他的妻子笑着说："如果我能婚配给参军，那么生下的儿子可就不止是这样的了。”

【原典】

荀鸣鹤、陆士龙二人未相识，俱会张茂先坐。张令共语，以其并有大才，可勿作常语。陆举手曰："云间陆士龙[1]。”荀答曰："日下荀鸣鹤[2]。”陆曰："既开青云睹白雉[3]，何不张尔弓，布尔矢？”荀答曰："本谓云龙骙骙，定是山鹿野麋[4]。兽弱弩强，是以发迟。”张乃抚掌大笑。

【注释】

①“云间”句：陆士龙名云，字士龙，吴郡人。祖父陆逊，是吴国丞相，封华亭侯，以后就世居华亭。华亭：古名云间，据说是因陆云此言而得名，在今江苏省松江县西。其次，云中之龙，既切陆云的名和字，也是暗喻其高。

②“日下”句：日下：指京都。荀鸣鹤：荀隐，字鸣鹤，颍川人。在晋代，颍川郡首府在河南许昌，和京都洛阳靠近，所以

荀鸣鹤说是日下人。日下的字面义指太阳之下。其次，日下之鹤，既切荀姓（荀字从日），也是用来暗喻其高。

③“既开”句：这句针对荀鸣鹤的名字，暗指射鹤。白雉：鸟名，像野鸡而色白，暗指荀不是鹤。

④“本谓”句：这句暗指陆士龙并不是龙。骙骙（kuí kuí）：形容强壮。麋（mí）：麋鹿。

【译文】

荀隐、陆云两人原来不相识，在张华家中做客时碰见了。张茂先让他们一起谈一谈，因为他们都有很高的才学，让他们不要说平常的俗话。陆云拱手说：“我是云间陆士龙。”荀隐回答说：“我是日下荀鸣鹤。”陆云说：“既然已经拨开云彩现青天，看见了白雉，为什么不张开你的弓，搭上你的箭？”荀鸣鹤回答说：“我本来以为是威武的云龙，可原来是山野间的麋鹿。兽弱而弓强，因此迟迟不敢放箭。”张茂先于是拍手大笑。

【原典】

陆太尉诣王丞相，王公食以酪。陆还，遂病。明日，与王笺[①]云：“昨食酪小过，通夜委顿[②]。民虽吴人，几为伧鬼[③]。”

【注释】

①笺：一种文体，写给尊贵者的信。

②小过：稍微有点过分。委顿：萎靡疲困。

③伧（cāng）鬼：鄙夷之称。因为南方人不食酪，所以这样说。

【译文】

太尉陆玩去拜访丞相王导，王导拿奶酪招待他。陆玩回家就病倒了。第二天，他给王导写信说：“昨天吃奶酪稍微过量，整夜精神不振，疲困不堪。小民虽然是南方吴地人，却几乎成了北方的死鬼。”

轻诋第二十六

"危言诋阍寺，直气忤钧轴。不忍曲作钩，乍能折为玉。扪心无愧畏，腾口有谤讟。只要明是非，何曾虞祸福。"有所批驳，又言之有理，言之有度，轻诋实为一种才能。

【原典】

王太尉问眉子[①]：“汝叔名士，何以不相推重？”眉子曰：“何有名士终日妄语？”

【注释】

①眉子：王玄，字眉子，是王衍的儿子，有豪气，也有才能，是知名人士。他的叔父王澄，字平子，以善于品评人物知名于世。

【译文】

太尉王衍问王玄说：“你的叔父是名士，你为什么不推崇他？”王玄说：“哪有名士整天胡言乱语的呢？”

【原典】

庾元规语周伯仁[①]：“诸人皆以君方乐。”周曰：“何乐？谓乐毅[②]邪？”庾曰：“不尔，乐令[③]耳。”周曰：“何乃刻画无盐，以唐突西子也[④]？”

【注释】

①庾元规：庾亮，字元规。周伯仁：周顗，字伯仁。

②乐（yuè）毅：战国时燕国人，燕昭王时任上将军，曾率五诸侯国之兵征伐齐国，大破齐军，封为昌国君。

③乐令：乐广，西晋人，官至太子舍人、尚书令。

④“何乃”句：指用丑妇来比美女，比拟不伦不类。刻画：描摹。无盐：指无盐女，传说中的丑女。唐突：冒犯，亵渎。西子：即西施，古代的美女，春秋时越王勾践把她献给吴王夫差。依《晋书》所记，乐广虽然名重当时，却门第寒微，而周伯仁德望素重，又袭父爵，门第高贵，故轻视乐广。

【译文】

庾亮告诉周顗说：“大家都拿你和乐氏并列。”周顗问道：“是哪个乐氏？是指乐毅吗？”庾亮说：“不是，是乐广啊。”周顗说：“怎么竟美化丑女无盐来亵渎美女西施呢？”

【原典】

深公云："人谓庾元规名士，胸中柴棘[1]三斗许。"

【注释】

①柴棘：枯枝和荆棘，比喻有心计，胸怀不坦荡。

【译文】

竺法深说："有人评论庾亮是名士，可是他心里隐藏的柴棘恐怕有三斗之多。"

【原典】

庾公权重，足倾王公[1]。庾在石头，王在冶城坐[2]，大风扬尘，王以扇拂尘曰："元规尘污人。"

【注释】

①庾公：庾亮，字元规，初任丞相参军，得到晋元帝的器重。倾：压倒。

②冶城：冶城属于丹阳郡，王导在西晋末年曾任丹阳太守，疑其驻在地为冶城。坐：驻守。

【译文】

庾亮权势很大，足以压倒王导。庾亮在石头城，王导在冶城坐镇。一次，大风扬起了尘土，王导用扇子掸去尘土说："元规的尘土把人弄脏了。"

【原典】

王右军少时甚涩讷[1]。在大将军许，王、庾二公后来，右军便起欲去。大将军留之曰："尔家司空、元规，复可所难[2]？"

【注释】

①涩讷：说话迟钝不流利。

②司空：指王导，官至侍中、司空。可所难：同"何所难"。

【译文】

右军将军王羲之少年时不善言辞。他在大将军王敦府上做客，王导和庾亮两人后到，王羲之便站起来要走。王敦挽留他说："你家的司空和元规两人，又有什么为难的呢？"

【原典】

王丞相轻蔡公[①]，曰："我与安期、千里[②]共游洛水边，何处闻有蔡充儿？"

【注释】

①蔡公：蔡谟，字道明，是蔡充的儿子，在苏峻叛乱时出任吴国内史，当时王导已为显官。后迁五兵尚书、司徒。有一次，他和王导开了一个很大的玩笑，弄得王导既惭愧又生气，所以王导贬损他。

②安期：王承的字，在西晋中期出任骠骑参军，名声很大。千里：阮瞻的字，很有才能，在西晋时任太子舍人，受到司徒王戎的推重。

【译文】

丞相王导轻视蔡谟，说："我和王承、阮瞻一道在洛水之滨游览时，哪里听说过有蔡充的儿子呢？"

【原典】

褚太傅初渡江，尝入东，至金昌亭，吴中豪右燕集亭中[①]。褚公虽素有重名，于时造次[②]不相识别。敕左右多与茗汁，少著粽[③]，汁尽辄益，使终不得食。褚公饮讫，徐举手共语云："褚季野。"[④]于是四坐惊散，无不狼狈。

【注释】

①东：对建康来说，吴郡、会稽为东。金昌亭：亭名，在苏州城西门附近。豪右：豪门大族。

②造次：匆忙。

③敕：古时自上告下之词。粽：指蜜饯果品。

④举手：指拱手作揖。褚季野：褚裒，字季野，很有名望，死后追赠侍中、太傅。

【译文】

太傅褚裒刚到江南时，曾经到吴郡去，到了金昌亭，吴地的豪门大族正在亭中聚会宴饮。褚裒虽然一向有很高的名声，可是那些富豪在匆忙中没有认出他。主事者就另外吩咐手下人多给他茶水，少放蜜饯，茶喝完了就添上，让他始终也吃不上东西。褚裒喝完茶，慢慢向大家作揖，说："我是褚裒。"于是满座的人惊慌地散开，个个狼狈不堪。

【原典】

王右军在南，丞相与书，每叹子侄不令，云："虎豘、虎犊，还其所如[①]。"

【注释】

①"虎豘"句：虎豘是王彭之小名，官至黄门侍郎。虎犊是王彪之小名，是王彭之三弟，累迁至左光禄大夫。两人是王导的族人。豘的原意是猪，犊的原意是小牛。这句指两人才质低下，正如各自的小名一样。

【译文】

右军将军王羲之在南方，丞相王导给他写信，常常慨叹子侄辈才质平庸，说："虎豘、虎犊，正像他们的名字一样。"

假谲第二十七

望梅止渴，梦中杀人，虽称假谲，实乃智慧。

【原典】

魏武少时，尝与袁绍好为游侠[①]。观人新婚，因潜入主人园中，夜叫呼云："有偷儿贼！"青庐[②]中人皆出观。魏武乃入，抽刃劫新妇，与绍还出，失道，坠枳棘中[③]，绍不能得动。复大叫云："偷儿在此！"绍遑迫自掷出[④]，遂以俱免。

【注释】

①游侠：重义气、勇于救人急难的人。

②青庐：当时婚俗，用青布做帐幕，设于门旁，叫作青庐，新婚夫妇在里面行交拜礼。

③还：迅速。枳（zhǐ）：多刺的树。枳树和棘树都多刺。

④遑迫：恐惧急迫。掷：腾跃。

【译文】

魏武帝曹操年轻时，和袁绍两人常常喜欢做一些不务正业的游侠行为。一次他们去看人家结婚，乘机偷偷进入主人的园子里，到半夜时大喊大叫："有小偷！"青庐里面的人都跑出来察看。曹操便进去，拔出刀来抢劫了新娘子，接着和袁绍迅速跑出来，中途迷了路，陷入了荆棘丛中，袁绍动不了了。曹操又大喊："小偷在这里！"袁绍惊恐着急，赶快自己跳了出来，两人终于得以逃脱。

【原典】

魏武行役，失汲道[①]，三军皆渴，乃令曰："前有大梅林，饶子[②]，甘酸可以解渴。"士卒闻之，口皆出水，乘此得及前源。

【注释】

①汲道：通往水源的道路。

②饶子：果实很多。

【译文】

魏武帝曹操率部远行军，找不到通往水源的路，全军都很口渴，于是便传令说："前面有大片的梅树林子，梅子很多，味道甜酸，可以解渴。”士兵听了这番话，口水都流出来了，利用这个办法，他们得以赶到前面的水源。

【原典】

魏武常言：“人欲危己，己辄心动[1]。”因语所亲小人[2]曰：“汝怀刃密来我侧，我必说心动，执汝使行刑，汝但勿言其使，无他[3]，当厚相报。”执者[4]信焉，不以为惧，遂斩之。此人至死不知也。左右以为实，谋逆者挫气矣[5]。

【注释】

①心动：心跳。

②小人：指身边的侍从。

③无他：没有别的，无害。

④执者：指被逮捕的人。

⑤挫气：挫伤了勇气，丧气。

【译文】

魏武帝曾经说过：“如果有人要害我，我立刻就会心跳。”于是授意他身边的侍从说：“你揣着刀隐蔽地来到我的身边，我一定会说心跳，我叫人逮捕你去执行刑罚，你只要不说出是我指使，就没有关系，到时一定重重酬报你。”被抓的侍从相信了他的话，不觉得害怕，最后被杀了。这个人到死也不知道是怎么回事。左右侍从都认为这是真的，那些谋反者也都丧气了。

【原典】

魏武尝云：“我眠中不可妄近，近便斫[1]人，亦不自觉。左右宜深慎此。”后阳眠[2]，所幸[3]一人，窃以被覆之，因便所杀。自尔每眠，左右莫敢近者。

【注释】

①斫（zhuò）：砍。

②阳：通“佯”，假装。

③所幸：宠幸的人。

【译文】

魏武帝曹操曾经说过："我睡觉时不可随便靠近我，一靠近，我就杀人，连我自己也不知道。身边的人一定要十分小心这点。"有一天，曹操假装睡熟了，有个亲信偷偷地拿条被子给他盖上，曹操趁机把他杀死了。从此以后每当曹操睡觉的时候，身边的人没有谁敢靠近他。

【原典】

袁绍年少时，曾遣人夜以剑掷魏武，少下，不著。魏武揆之[1]，其后来必高。因帖[2]卧床上，剑至果高。

【注释】

①揆（kuí）：揣测。

②帖：同"贴"，紧挨。

【译文】

袁绍年轻时候，曾经派人在夜里投剑刺曹操，稍微偏低了一些，没有刺中。曹操估计，第二次投来的剑一定偏高。于是他就紧贴床躺着，剑投来果然偏高了。

【原典】

王大将军既为逆，顿军姑孰[1]。晋明帝以英武之才，犹相猜惮，乃著戎服，骑巴賨马，赍一金马鞭，阴察军形势[2]。未至十余里，有一客姥，居店卖食，帝过愒之[3]，谓姥曰："王敦举兵图逆，猜害忠良，朝廷骇惧，社稷是忧。故劬劳晨夕，用相觇察[4]。恐形迹危露，或致狼狈。追迫之日，姥其匿之！"便与客姥马鞭而去，行敦营匝[5]而出。军士觉，曰："此非常人也！"敦卧心动，曰："此必黄须鲜卑奴[6]来！"命骑追之，已觉[7]多许里。追士因问向姥："不见一黄须人骑马度此邪？"姥曰："去已久矣，不可复及。"于是骑人息意而反。

【注释】

①“王大”句：晋明帝太宁元年（公元 323 年），大将军王敦任扬州牧，镇守姑孰（今安徽当涂县）。第二年王敦起兵造反，直指建康，晋明帝事先知王敦将反，便暗中去察看王敦营垒。

②猜惮：疑惧。巴賨（còng）马：巴州賨人所进贡的马。賨人是秦汉时居住在四川、湖南一带的民族。赍（jī）：携带。

③客姥（mǔ）：客居此乡的老妇人。愒（qì）：同“憩”，休息。

④劬（qú）劳：劳苦。觇（chān）察：侦察。

⑤匝：一周，一圈。

⑥鲜卑奴：对晋明帝的蔑称。晋明帝母亲是燕代（今河北一带）人，鲜卑族曾居此地，而明帝相貌也像外族人，黄须。

⑦觉（jiào）：相差。

【译文】

大将军王敦发动叛乱后，把军队驻扎在姑孰。晋明帝纵有文才武略，也还疑惧他，于是就穿上军装，骑着良马，拿着一条金马鞭，去暗中察看王敦军队的情况。离王敦的军营还有十多里，有一外乡老妇在店里卖小吃，晋明帝经过那里停下来休息，对她说：“王敦起兵图谋叛乱，猜忌并且陷害忠臣良将，朝廷惊恐。我担心国家的命运，所以早晚辛劳，来暗中观察王敦的动向。我怕行动败露，可能陷于困境，如果被追击的话，希望老人家为我隐瞒行踪！”于是把马鞭送给这位外乡老妇就离开了，沿着王敦的军营走了一圈就出来了。王敦的士兵发现了，说：“这不是普通人啊！”王敦躺在床上忽然感到心跳，说：“这一定是黄胡子的鲜卑奴来了！”下令骑兵去追赶他，可是已经相距很远了。追击的士兵就问刚才那位老妇：“有没有看见一个黄胡子的人骑马从这里经过？”老妇说：“已经走了很久了，再也追不上了。”于是骑兵打消了追赶的念头就回去了。

【原典】

王右军年减十岁时[①]，大将军甚爱之，恒置帐中眠。大将军尝先出，右军犹未起。须臾，钱凤入，屏人论事，都忘右军在帐中，便言逆节之谋[②]。右军觉，既闻所论，知无活理，乃剔吐[③]污头面被褥，诈孰眠。敦论事造半[④]，方忆右军未起，相与大惊曰："不得不除之！"及开帐，乃见吐唾从横[⑤]，信其实孰眠，于是得全。于时称其有智。

【注释】

①"王右军"句：王敦是王羲之的堂伯父。《晋书·王允之传》认为这事属王允之。允之也是王敦的侄儿。减：少于。

②钱凤：字世仪，任王敦的参军，是王敦的谋主。王敦发动叛乱失败后，他也被杀。屏人：叫别人避开。逆节：叛逆。

③剔吐：用指头抠出口水。

④造半：到一半。

⑤从横：即纵横，此指到处流淌。

【译文】

右军将军王羲之不满十岁的时候，大将军王敦很喜爱他，常常安排他在自己的床帐中睡觉。有一次王敦先出帐，王羲之还没有起床。一会儿，钱凤进来，王敦屏退手下的人，商议事情，一点也没想起王羲之还在床上，就商议起叛乱的计划。王羲之醒来，已经听到了他们的谈论，就知道没法活命了，于是抠出口水，把头脸和被褥都弄脏了，假装睡得很熟。王敦他们商量事情到中途，才想起王羲之还没有起床，彼此十分惊慌，说："不得不把他杀了。"等到掀开帐子，才看见他吐得到处都是，就相信他真的睡得很熟，于是他才保住了命。当时人们都称赞他有智谋。

【原典】

陶公自上流来赴苏峻之难，令诛庾公，谓必戮庾，可以谢峻[①]。庾欲奔窜，则不可；欲会，恐见执[②]，进退无计。温公劝质诣陶，曰："卿但遥拜，必无它，我为卿保之。"庾从温言诣陶，至便拜。

陶自起止之曰："庾元规何缘拜陶士衡？"毕[3]，又降就下坐。陶又自要[4]起同坐。坐定，庾乃引咎[5]责躬，深相逊谢。陶不觉释然。

【注释】

①"陶公"句：晋成帝咸和二年（公元327年），庾亮参辅朝政。苏峻起兵反，庾亮逃到寻阳。当时陶侃（字士行）起兵东下讨伐苏峻，兵至寻阳，大家认为他要杀庾亮。谢峻：拒绝苏峻要求，使其退兵。

②见执：被捕。

③毕：指行过礼。

④自要：亲自邀请。

⑤引咎：归罪自己。

【译文】

陶侃从荆州赶来平定苏峻的叛乱，下令惩办庾亮，认为一定要杀庾亮，才可以拒绝苏峻要求，使其退兵。庾亮想要逃亡已不可能；想要去见陶侃，又恐怕被逮捕，进退两难。温峤劝庾亮去拜会陶侃，说："你只要远远就向他下拜行礼，必定不会有什么事，我给你担保。"庾亮采纳了温峤的意见去拜访陶侃。到那后就行了个大礼。陶侃亲自站起来不让他行礼，说："庾元规为什么要拜我陶士行？"庾亮行完大礼，又退下来坐在下座。陶侃又亲自请他起来和自己一道就座。坐好后，庾亮就把罪过承担过来，严格要求自己，狠狠地自责，而且表示谢罪。陶侃不知不觉心平气和，消除了疑虑。

黜免第二十八

“苟云免罪戾。何暇收民誉。倪宽以殿黜。终乃最众赋。”既是对现实的妥协认可，也是对自己的一种开解，黜免中显露出古人的一种独特心态。

【原典】

诸葛厷在西朝，少有清誉，为王夷甫所重，时论亦以拟王[①]。后为继母族党所谗，诬之为狂逆[②]。将远徙，友人王夷甫之徒诣槛车[③]与别。厷问："朝廷何以徙我？"王曰："言卿狂逆。"厷曰："逆则应杀，狂何所徙？"

【注释】

①诸葛厷（gōng）：字茂远，西晋琅琊（今山东临沂北）人，官至司空主簿。清誉：清高的声誉。王夷甫：王衍。

②族党：同族亲属。狂逆：狂放而且叛逆。

③槛（jiàn）车：囚车。

【译文】

诸葛厷在西晋时，年纪轻轻就有美好的声誉，受到王衍的器重，当时的舆论也拿他和王衍相比。后来被他继母的亲族造谣中伤，诬蔑他是狂放叛逆。将要把他流放到边远地区时，他的朋友王衍等人到囚车前和他告别。诸葛厷问："朝廷为什么流放我？"王衍说："说你狂放叛逆。"诸葛厷说："叛逆就应当斩首，狂放为什么要流放呢？"

【原典】

桓公入蜀[①]，至三峡中，部伍中有得猿子[②]者。其母缘岸哀号，行百余里不去，遂跳上船，至便即绝。破视其腹中，肠皆寸寸断。公闻之怒，命黜[③]其人。

【注释】

①桓公入蜀：晋穆帝永和二年（公元346年），桓温西伐蜀汉李势，次年攻占成都。

②猿子：指小猿。

③黜：罢免。

【译文】

桓温进军蜀地，到达三峡时，部队里有人捕到一只小猿。母猿沿着江岸悲哀地号叫，一直跟着船走了百多里也不肯离开，最终跳上了船，一上船就马上气绝而死。剖开母猿的肚子看，肠子都一寸一寸地断开了。桓温听说这事大怒，下令罢免了那个人的职务。

【原典】

殷中军被废，在信安，终日恒书空作字[①]。扬州吏民寻义逐之，窃视，唯作“咄咄怪事”[②]四字而已。

【注释】

①“殷中军”句：晋穆帝永和九年（公元 353 年），殷浩以中军将军受命北伐，结果大败而回，被桓温奏请废为庶人，于是迁居扬州东阳郡信安县。书空：用手指在空中虚划字形。

②咄咄怪事：形容令人惊讶的怪事。

【译文】

中军将军殷浩被免官以后，住在信安县，一天到晚总是在半空中虚写字形。扬州的官吏和百姓沿着他的笔顺跟着他写，暗中察看，见他只是写“咄咄怪事”四个字而已。

【原典】

桓公坐有参军椅烝薤[①]，不时解，共食者又不助，而椅终不放，举坐皆笑。桓公曰：“同盘尚不相助，况复危难乎？”敕令免官。

【注释】

①椅（jī）：同“掎”，用筷子夹菜。烝薤（xiè）：余嘉锡《世说新语笺疏》说：《齐民要术·素食篇》有薤白蒸，是米薤同蒸，调以油豉。蒸熟后必凝结，故夹取较难。薤：也叫藠（jiào）头。

【译文】

桓温的宴席上有个参军用筷子夹烝薤没能一下子夹起来，同桌吃饭的又没有人帮助他，而他还夹个不停，满座的人都笑起来。桓温说：“同在一个盘子里用餐，尚且不能互相帮助，更何况遇到危急患难呢？”便下令罢了同桌吃饭者的官。

【原典】

殷中军废后，恨简文曰："上人著百尺楼上，儋梯将去。"[1]

【注释】

①"殷中军"句：殷浩兵败，桓温上表请罢免他。当时简文帝以抚军录尚书事，辅助朝政，所以奏请废殷浩。儋（dān）：同"担"，扛着。将去：拿走。

【译文】

中军将军殷浩罢官以后，怨恨简文帝说："把人送到百尺高楼上，却扛起梯子走了。"

【原典】

邓竟陵[1]免官后赴山陵，过见大司马桓公。公问之曰："卿何以更瘦？"邓曰："有愧于叔达，不能不恨于破甑[2]。"

【注释】

①邓竟陵：邓遐，字应远，曾任桓温参军，升至竟陵郡太守，随桓温征伐多次，后桓温战败，罢了他的官。

②"有愧"句：指自己没有叔达那样的品德，对丢掉官职不能不感到遗憾。叔达：即孟敏，字叔达，敦厚正直，有一次到市场买甑，失手打破了，他连看也不看一眼就走了，认为既已打破，看也没用。有人欣赏他这种涵养。甑（zèng）：做饭用的瓦器。

【译文】

竟陵太守邓遐罢官后去祭奠皇陵，拜见了大司马桓温。桓温问道："你为什么更加消瘦了？"邓遐说："比起孟叔达来我感到有愧，不能不因打破瓦器而遗憾。"

【原典】

桓宣武既废太宰父子[1]，仍上表曰："应割近情，以存远计。

若除太宰父子，可无后忧。”简文手答表曰[②]：“所不忍言，况过于言？[③]”宣武又重表，辞转苦切。简文更答曰：“若晋室灵长，明公便宜奉行此诏[④]；如大运去矣，请避贤路[⑤]。”桓公读诏，手战[⑥]流汗，于此乃止。太宰父子远徙新安。

【注释】

①太宰父子：指司马晞和他的儿子司马综。司马晞：字道升，晋元帝第四子，简文帝之兄，初封武陵王，后升任太宰，为桓温所畏惧。简文帝即位后，桓温诬他将谋反，上奏章请逮捕司马晞父子问罪。简文帝不答应问罪，桓温又奏请把他们流放到扬州新安郡。

②手答表：指亲自批答奏表。

③所：可。过于言：过分之言。

④灵长：绵延长久。明公：对地位尊贵者的敬称。

⑤贤路：任用贤德的人做官的途径、机会。简文帝这话暗指对桓温退位让贤，所以桓温看后不免流汗。

⑥战：发抖。

【译文】

桓温罢免了太宰司马晞父子后，接着上奏章说：“应该割断私情，以保全长远大计。如果清除太宰父子，可以免除后患。”简文帝在奏章上亲手批示说：“我可不忍心这样说，何况所做的超过了所说的呢？”桓温又重新上奏章，言辞越发迫切。简文帝再批示说：“如果晋王室的国运久长，明公就应该奉行这个诏令；如果晋王室国运已去，请允许我退位，让出贤者登高之路。”桓温读着诏书，两手发抖，满脸流汗，这才停止上奏。太宰父子被流放到遥远的新安郡。

【原典】

桓玄败后，殷仲文还为大司马咨议，意似二三[①]，非复往日。大司马府听前有一老槐，甚扶疏[②]。殷因月朔[③]，与众在听，视槐良久，叹曰：“槐树婆娑[④]，无复生意！”

【注释】

①“桓玄”句：晋安帝元兴元年（公元402年），桓玄起兵反帝室，攻入建康，第二年称帝，到第三年刘裕起兵讨桓玄，桓玄败逃。殷仲文是桓玄姐夫，投奔桓玄，任侍中，后随桓玄出逃，终于脱离桓玄，回到京都。二三：时二时三，不专一，反复无定。

②扶疏：枝叶四散、分离的样子。

③月朔：阴历每月初一。

④婆娑：形容枝叶飘零。

【译文】

桓玄失败以后，殷仲文回到京都任大司马咨议，心情似乎反复不定，不再是以前那样了。大司马府官厅前面有一棵老槐树，枝叶非常松散。殷仲文依照月初集会，和众人同在官府厅堂上，他对着槐树看了很久，叹息说：“槐树枝叶散乱，不再有生机了！”

俭啬第二十九

“天爵休将儋石论，一身恭俭万邦尊。赌将金带惊寰海，留得耕衣诫子孙。百万人甘一掷输，玄穹惟与道相符。岂知紫殿新天子，只是丹徒旧啬夫。”勤俭是一种美德，由俭而啬则不免成为一种笑料谈资，为人诟病。

【原典】

和峤性至俭，家有好李，王武子[①]求之，与不过数十。王武子因其上直，率将少年能食之者[②]，持斧诣园，共饱啖毕，伐之，送一车枝与和公，问曰："何如君李？"和既得，唯笑而已。

【注释】

①王武子：王济，字武子，是和峤的妻舅，勇力过人，很有名望。

②上直：当值，值班。直：同"值"。率将：带领。

【译文】

和峤本性极为吝啬，自己家有良种李树，王济求他给些李子，和峤只给了不过几十个。王济趁他去上朝值班，带着一帮喜欢吃李子的小伙子，拿着斧子到果园里，大家一起尽情地吃饱以后，把李树砍掉了，给和峤送去一车树枝，并且问道："比你家的李树怎么样？"和峤收下了树枝，只是笑一笑罢了。

【原典】

王戎俭吝，其从子婚，与一单衣，后更责之[①]。

【注释】

①从子：侄儿。责：索取。

【译文】

王戎很吝啬，他的侄儿结婚，他只送一件单衣，过后又要回去了。

【原典】

司徒王戎既贵且富，区宅、僮牧、膏田、水碓之属[①]，洛下无比。契疏鞅掌，每与夫人烛下散筹算计[②]。

【注释】

①区宅：房屋。僮牧：奴仆和放牧的仆人，仆役。膏田：肥

沃的田地。水碓（duì）：利用水力舂米的设备。

②契疏：契约、账簿。鞅掌：繁多。筹：筹码，计数用的工具。

【译文】

司徒王戎，既显贵，又富有，房屋、仆役、良田、水碓之类，洛阳城里没有人能和他比。契约账簿繁多，他常常和妻子在烛光下摆开筹码来计算。

【原典】

王戎有好李，卖之，恐人得其种，恒钻其核。

【译文】

王戎家有良种李子，卖李子时，怕别人得到他家的良种，总是先把李子核钻破再卖。

【原典】

王戎女适裴頠，贷钱数万。女归，戎色不说。女遽[①]还钱，乃释然。

【注释】

①遽（jù）：急忙。

【译文】

王戎的女儿嫁给裴頠，曾向王戎借了几万钱。女儿回到娘家，王戎的脸色就很不高兴。女儿赶快把钱还给他，王戎这才心平气和了。

【原典】

卫江州在寻阳，有知旧人投之，都不料理，唯饷"王不留行"一斤[①]。此人得饷，便命驾。李弘范闻之曰："家舅[②]刻薄，乃复驱使草木。"

【注释】

①卫江州：卫展，字道舒，西晋末任鹰扬将军、江州刺史。

江州官署所在地是寻阳。知旧：知己和旧友。料理：照顾，帮助。王不留行：药草名，一名剪金花。送此物，是暗示不留。

②家舅：对人称自己的舅父。

【译文】

江州刺史卫展在寻阳时，有知交和老朋友来投奔他，他一概不帮助，只是送一斤“王不留行”草药。这些人得到了礼物，就起身走了。他的外甥李弘范听到这件事说：“我舅舅太刻薄了，竟然差遣草木来逐客。”

【原典】

王丞相俭节，帐下甘果盈溢不散[①]，涉春烂败。都督白之[②]，公令舍去，曰：“慎不可令大郎[③]知。”

【注释】

①帐下：幕府中。盈溢：堆满。

②都督：官名，是军事长官，等于卫队长。白：禀告。

③大郎：父称长子为大郎，这里指王悦。

【译文】

丞相王导本性节俭，幕府中的美味水果堆得满满的也不分给大家，到了春天就腐烂了。卫队长禀报王导，王导叫他扔掉，嘱咐说：“千万不要让大郎知道。”

【原典】

苏峻之乱，庾太尉南奔见陶公，陶公雅相赏重[①]。陶性俭吝，及食，啖薤[②]，庾因留白。陶问：“用此何为？”庾云：“故可种。”于是大叹庾非唯风流，兼有治实[③]。

【注释】

①苏峻之乱：指苏峻与祖约起兵讨伐庾亮，倾覆东晋朝廷之事。赏重：赞赏、重视。

②薤（xiè）：草本植物，地下有鳞茎，可以吃，也可以再

种。靠近根部的薤头是薤白，也叫白。

③非唯：不仅。治实：治国的实际才能。

【译文】

苏峻叛乱时，太尉庾亮南逃去见陶侃，陶侃很赞赏并重视他。陶侃本性吝啬，到吃饭的时候，吃薤头，庾亮顺手留下薤白。陶侃问他："留下这东西做什么？"庾亮说："还可以种。"于是陶侃极力赞叹庾亮，认为他不仅风雅，同时有治国的实际才能。

【原典】

郗公大聚敛[①]，有钱数千万。嘉宾[②]意甚不同，常朝旦问讯。郗家法：子弟不坐。因倚语移时[③]，遂及财货事。郗公曰："汝正当[④]欲得吾钱耳！"乃开库一日，令任意用。郗公始正谓损数百万许。嘉宾遂一日乞与亲友、周旋略尽[⑤]。郗公闻之，惊怪不能已已[⑥]。

【注释】

①聚敛：指搜刮钱财。

②嘉宾：郗超，字嘉宾，是郗愔的儿子，好施舍，喜交游。

③移时：过了很久。

④正当：只不过。

⑤乞与：给予。周旋：指有交往的人。

⑥已已：加强语气，表示止不住。

【译文】

郗愔大肆搜刮钱财，有几千万钱。郗超很不同意这样做。有一次，郗超早晨来问安。按照郗家的规矩，子弟在长辈面前不能坐着。郗超便站着谈了很长时间，终于谈到钱财的事情。郗愔说："你只是想要我的钱罢了！"于是就开钱库一天，让他随意取用。郗愔原先只以为会损失几百万。想不到郗超竟然在一天内送给亲友和有交往的人，几乎都用尽了。郗愔听说此事，惊诧不止。

汰侈第三十

“雨后初得荠，晨庖有珍烹，岂不念加糁，侈汰恐易萌。且当读古书，至味敌大羹。”古人的奢侈行径不是单纯的享受，其中往往具有一定的深意与哲理，非今天那么简单。

【原典】

石崇[1]每要客燕集，常令美人行酒。客饮酒不尽者，使黄门交斩美人[2]。王丞相与大将军尝共诣崇，丞相素不能饮，辄自勉强，至于沉醉。每至大将军，固[3]不饮以观其变。已斩三人，颜色如故，尚不肯饮。丞相让[4]之，大将军曰："自杀伊家人，何预卿事？"

【注释】

①石崇：字季伦，晋代人，曾任荆州刺史，因劫夺远使、客商而致富。常与贵戚王恺等斗富，后被害。

②黄门：阉人，可以在内庭侍候的奴仆。交：接连，交替。黄门不只一人，轮流来斩美人。

③固：坚持。

④让：责备。

【译文】

石崇每次请客宴会，常常让美人劝酒。如果哪位客人不干杯，就叫家奴接连杀掉劝酒的美人。丞相王导和大将军王敦曾经一同到石崇家赴宴，王导一向不能喝酒，这时总是勉强自己喝，直到大醉。每当轮到王敦，他坚持不喝来观察情况的变化。石崇已经连续杀了三个美人，王敦神色不变，还是不肯喝酒。王导责备他，王敦说："他自己杀他家里的人，干你什么事？"

【原典】

石崇厕，常有十余婢侍列，皆丽服藻饰[1]。置甲煎粉、沉香汁之属，无不毕备[2]。又与新衣著令出，客多羞不能如厕。王大将军往，脱故衣，著新衣，神色傲然。群婢相谓曰："此客必能作贼[3]。"

【注释】

①侍列：侍位，在各自的位置上侍候。藻饰：修饰，打扮。

②甲煎粉：一种香粉。沉香汁：沉香木制成的香水。毕备：置备齐全。

③作贼：指谋逆造反。

【译文】

石崇家的厕所里经常有十多个婢女各就各位侍候，都穿着华丽的衣服，打扮得很漂亮。厕所里放着甲煎粉、沉香汁一类物品，各样东西都准备齐全。又让上厕所的宾客换上新衣服出来，客人大多因为难为情不愿意去上厕所。大将军王敦上厕所，就敢脱掉原来的衣服，穿上新衣服，神色傲慢。婢女们互相评论说：“这个客人一定会造反谋逆。”

【原典】

武帝尝降王武子家，武子供馔并用琉璃器[①]。婢子百余人，皆绫罗绔襬，以手擎饮食[②]。蒸豘[③]肥美，异于常味。帝怪而问之，答曰：“以人乳饮豘。”帝甚不平，食未毕，便去。王、石[④]所未知作。

【注释】

①降：临幸，指皇帝到某处去。并：全都。

②襬（luó）：女子上衣。擎：托着。

③豘：同“豚”，小猪。

④王、石：指王恺、石崇。

【译文】

晋武帝曾经到王济家里去，王济设宴侍奉，全是用的琉璃器皿。婢女一百多人，都穿着绫罗绸缎，用手托着食物。蒸熟的小猪又肥嫩又鲜美，和一般的味道不一样。武帝感到奇怪，问他怎么烹调的，王济回答说：“是用人乳喂的小猪。”武帝听了非常反感，还没有吃完就走了。这是连王恺、石崇也不知道的做法。

【原典】

王君夫以粭糒澳釜[①]，石季伦用蜡烛作炊。君夫作紫丝布步障碧绫里四十里，石崇作锦步障[②]五十里以敌之。石以椒为泥，王以赤石脂[③]泥壁。

【注释】

①王君夫：王恺，字君夫，是晋武帝司马炎的舅父，与石崇（字季伦）斗富时，经常得到晋武帝的帮助。以粭（yí）糒（bèi）澳釜：粭：同“饴”，麦芽糖。糒：干饭。澳釜：擦洗锅子。

②紫丝布：用紫色的丝织成的布。步障：古代显贵出行，于道旁设置用来遮避风尘或禁止人们窥视的幕布。

③椒：指花椒，其种子可用来和泥涂墙。赤石脂：风化石的一种，可用来涂饰墙壁。

【译文】

王恺用麦芽糖和干饭来擦锅，石崇用蜡烛当柴火做饭。王恺用紫丝布做步障，衬上绿绫里子，长达四十里，石崇则用锦缎做成长达五十里的步障来和他抗衡。石崇用花椒做泥来刷墙，王恺则用赤石脂来刷墙。

【原典】

石崇为客作豆粥，咄嗟便办[①]。恒冬天得韭蓱虀[②]。又牛形状气力不胜王恺牛，而与恺出游，极晚发，争入洛城，崇牛数十步后迅若飞禽，恺牛绝走不能及[③]。每以此三事为搤腕，乃密货崇帐下都督及御车人，问所以[④]。都督曰：“豆至难煮，唯豫作熟末[⑤]，客至，作白粥以投之。韭蓱虀是捣韭根，杂以麦苗尔。”复问驭人牛所以驶[⑥]。驭人云：“牛本不迟，由将车人不及制之尔[⑦]。急时听偏辕，则驶矣[⑧]。”恺悉从之，遂争长[⑨]。石崇后闻，皆杀告者。

【注释】

①咄嗟：呼唤答应声。这里指一呼一应之间，即顷刻。

②韭蓱虀（píng jī）：用韭菜、艾蒿等捣碎制成的醃菜。八月做这种菜，到冬天就难得了。

③绝：尽力。及：跟上。

④搤（è）腕：用一只手握住另一只手腕，表示不平情绪。货：贿赂。所以：原因。

⑤末：末子，细碎的东西。

⑥驶：跑得快。

⑦“牛本”句：指驭手赶不上牛的速度而加以控制。《晋书》本传作“良由驭者逐不及，反制之。”

⑧偏辕：指让车的重心偏向一根辕木。这样，另一个车轮和地面的摩擦就轻，车就走得快。

⑨争长：争胜。

【译文】

石崇给客人做豆粥，很快就做好了。也常常在冬天吃上用韭菜、艾蒿等捣碎制成的腌菜。石崇家的牛外形、力气都赶不上王恺家的牛，可是他和王恺出游，很晚才出发，两人争着先进洛阳城，石崇的牛跑了几十步后就快得像飞鸟一样，王恺的牛拼命跑也追不上。王恺常为这三件事感到郁闷，就暗中贿赂石崇府中的管家和驾车人，探问是什么原因。管家说：“豆子是最难煮烂的，只有事先煮熟做成豆末，客人到了，煮好白粥，然后把豆末加进去。韭蓱齑是把韭菜根捣碎，搀上麦苗罢了。”又问驾车人牛为什么跑得飞快，驾车人说：“牛本来跑得不慢，由于驾车人跟不上，反而要控制它。紧急时就任车侧过一边，那么车子就会跑得飞快了。”王恺全按他们所说的去做，终于争到了头名。石崇后来听说了，就把泄密的人都杀了。

【原典】

王君夫有牛名八百里驳，常莹其蹄角[①]。王武子语君夫：“我射不如卿，今指[②]赌卿牛，以千万对之。”君夫既恃手快，且谓骏物无有杀理，便相然可[③]，令武子先射。武子一起便破的，却据胡床，叱左右速探牛心来。须臾，炙至，一脔便去[④]。

【注释】

①八百里驳（bò）：牛名。驳指牛色黑白相间。八百里：指可日行八百里。莹：珠玉的光采，这里指磨得晶莹光洁。

②指：指定。

③手快：技术好。骏物：这里指好牛，跑得快的牛。然可：许可。

④炙：烤熟的肉。脔（luán）：切成小块的肉。

【译文】

王恺有一头名叫八百里驳的牛，牛蹄、牛角经常磨得晶莹发亮。有一次，王济对王恺说："我射箭的技术赶不上你，今天想指定你的牛做赌注，和你赌射箭，我押上一千万钱来抵你这头牛。"王恺既仗着自己射箭技术好，又认为千里牛没有可能杀掉，就答应了他，他让王济先射。王济一箭就射中了箭靶，退下来坐在椅子上，吆喝随从赶快把牛心取来。一会儿，烤牛心送来了，王济只吃了一块就走了。

【原典】

王君夫尝责一人无服余衵，因直，内著曲閤重闺里[1]，不听人将出。遂饥经日[2]，迷不知何处去。后因缘相为[3]，垂死，乃得出。

【注释】

①衵（yì）：内衣。曲閤重闺：指隐僻的弯曲相连的深宫内室。閤：同"阁"。

②经日：过了几天。

③因缘：亲近的人，朋友。相为：相帮。

【译文】

王济曾经处分一个人，不准他穿内衣，他借着此人值班，又径直把他关在深宫内院里，不让人带他出来。这个人饿了好几天，弄得精神恍惚，不知该往哪里走。后来一个朋友帮助了他，在快死之前才得以出来。

【原典】

石崇与王恺争豪，并穷绮丽以饰舆服[1]。武帝，恺之甥也，每助恺。尝以一珊瑚树高二尺许赐恺，枝柯扶疏[2]，世罕其比。恺以示崇，崇视讫，以铁如意击之，应手[3]而碎。恺既惋惜，又以为疾己之宝，声色甚厉。崇曰："不足恨，今还卿。"乃命左右悉取珊瑚树，有三尺、四尺，条干绝世，光彩溢目者六七枚，如恺许比甚众[④]。恺惘然[⑤]自失。

【注释】

①豪：豪华，阔绰。舆服：指车马冠服与各种仪仗。

②枝柯扶疏：形容枝叶繁茂纷披的样子。

③应手：随手。

④绝世：冠绝当代，举世无双。许：这样。

⑤惘然：失意的样子。

【译文】

石崇和王恺争比阔绰，两人都用尽最鲜艳华丽的东西来装饰车马、服装。晋武帝是王恺的外甥，常常资助王恺。他曾经把一棵二尺来高的珊瑚树送给王恺，这棵珊瑚树枝条繁茂，世上很少有和它相当的。王恺拿来给石崇看，石崇看后，拿铁如意敲它，随手就打碎了。王恺既惋惜，又认为石崇是妒忌自己的宝物，一时声色俱厉。石崇说："不值得遗憾，现在就赔给你。"于是就叫手下的人把家里所有的珊瑚树全都拿出来，有三尺、四尺高的，树干、枝条举世无双而且光彩夺目的有六七棵，像王恺那样的就更多了。王恺看了，尴尬而不知所措。

【原典】

王武子被责，移第北邙下[①]。于时人多地贵，济好马射，买地作埒，编钱匝地竟埒[②]。时人号曰"金沟"。

【注释】

①王武子：王济，字武子，人为侍中，后出为河南尹，尚未到任，行过王官，鞭打了王府官吏，被免官，于是移居北邙山下。北邙（máng）：山名，即邙山，在河南洛阳东北。

②埒（liè）：矮墙，这里指马埒，即跑马射箭的场所，四周用矮墙围着。竟：从头到尾。

【译文】

王济被责罚贬官，移居北邙山下。当时人多地贵，王济喜欢跑马射箭，就买地做跑马场。他用绳子穿着铜钱当矮墙，围着跑马场排一圈。当时的人把这里叫作“金沟”。

忿猬第三十一

古之“忿猬”，往往在暴虐残酷间增加了一定的气势与威严，内涵比较丰富。

【原典】

魏武有一妓，声最清高，而情性酷恶。欲杀则爱才，欲置[1]则不堪。于是选百人，一时俱教。少时，果有一人声及[2]之，便杀恶性者。

【注释】

①置：指不予追究。

②及：比得上。

【译文】

魏武帝曹操有一名歌女，她的歌声特别清脆高亢，可是性情极其恶劣。曹操想杀了她，却又爱惜她的才能，想赦免她却又难以忍受她的脾气。于是就挑选了一百名歌女同时培养。不久，果然有一名歌女的歌喉赶上了她，曹操便把那个性情恶劣的歌女杀了。

【原典】

王蓝田[1]性急。尝食鸡子，以箸刺之[2]，不得，便大怒，举以掷地。鸡子于地圆转未止，仍下地以屐齿蹍之[3]，又不得，瞋甚，复于地取内[4]口中，啮破即吐之。王右军闻而大笑曰："使安期有此性，犹当无一豪可论[5]，况蓝田邪？"

【注释】

①王蓝田：王述，封蓝田侯。

②鸡子：鸡蛋。箸（zhù）：筷子。

③屐（jī）：木板鞋。底部前后有两块突出的木头，就是齿。

④内：同"纳"。

⑤安期：王述的父亲王承，字安期，清虚寡欲，为政宽恕，名望很高。豪：同"毫"。

【译文】

蓝田侯王述性情急躁。有一次吃鸡蛋，用筷子去戳鸡蛋，没有戳进去，就大发脾气，拿起鸡蛋扔到了地上。鸡蛋在地上转个不停，他就下地用木屐齿去踩，又没有踩到，他气极了，又从地上把鸡蛋捡起来放进口中，咬破就吐了。王羲之听说后大笑起来说："假使王承有这种性格，尚且没有一点可取，何况是其子王述呢？"

【原典】

王司州尝乘雪往王螭[1]许。司州言气少有牾逆于螭，便作色不夷[2]。司州觉恶，便舆床就之[3]，持其臂曰："汝讵复[4]足与老兄计？"螭拨其手曰："冷如鬼手馨，强来捉人臂！"

【注释】

①王螭（chī）：王恬，小名螭虎，是王胡之的堂弟。

②言气：说话和态度。牾（wǔ）逆：抵触，冒犯。不夷：不平和，不愉快。

③恶：不好。舆床：搬动坐榻。

④讵（jù）复：难道再。

【译文】

司州刺史王胡之有一次冒雪前去王恬府上。王胡之说话时的言谈、态度稍为冒犯了王恬，王恬便生气不高兴。王胡之觉得冒犯了他，就把坐榻挪近王恬身边，拉着他的手臂说："你难道还值得和老兄计较吗？"王恬拨开他的手说："冷得像鬼手一样，还硬要来拉人家的胳膊！"

【原典】

桓宣武与袁彦道樗蒱[1]。袁彦道齿不合，遂厉色掷去五木[2]。温太真云："见袁生迁怒，知颜子[3]为贵。"

【注释】

①樗蒱（chū pú）：古代一种赌博棋戏，以掷五木决胜负。

②"袁彦道"句：五木是棋戏用具，原先用木头做成，一套是五颗，故称五木，类似色子。五木每个有两面，一面涂黑，一面涂白。以五木掷采，按所掷采数，执马（棋子）在棋盘上行棋。齿：博齿，也即色子。这里所谓齿不合，可能指所掷采数不符合。

③颜子：指颜回，是孔子的弟子。孔子说："有颜回者好学，不迁怒，不贰过。"袁彦道迁怒，就比不上颜回了。

【译文】

桓温和袁彦道赌博，袁彦道掷五木的骰数不合心意，竟然板着脸把五木扔掉了。温峤说："看见袁生把怒气发泄到五木上，更知道颜子是可贵的。"

【原典】

谢无奕性粗强，以事不相得，自往数王蓝田，肆言极骂[1]。王正色面壁[2]不敢动，半日，谢去。良久，转头问左右小吏曰："去未？"答云："已去。"然后复坐。时人叹其性急而能有所容。

【注释】

①相得：彼此情意相投。数（shǔ）：数落。肆言极骂：肆意攻击，极力谩骂。

②面壁：脸对着墙。

【译文】

谢无奕性情粗暴固执，曾因一件事与王述彼此不合，亲自前去数落王述，肆意攻击谩骂。王述表情严肃地转身对着墙不敢动，骂了半天，谢无奕走了。很久之后，他才回过头问身旁的小官吏说："走了没有？"小官吏回答说："已经走了。"然后王述才转过身又坐回原处。当时的人赞赏他虽然性情急躁，可是能宽容别人。

【原典】

王令诣谢公，值习凿齿已在坐，当与并榻[1]。王徙倚[2]不坐，公引之与对榻。去后，语胡儿曰[3]："子敬实自清立，但人为尔多矜咳[4]，殊足损其自然。"

【注释】

①王令：王献之，字子敬，曾任吴兴太守。中书令。习凿齿：字彦威，曾任桓温的主簿，后出为荥阳太守。

②徒倚：徘徊。王献之不肯和习凿齿并榻而坐，是因为自己出身士族，而习凿齿虽然世为乡间豪族，却是寒门。晋代看重门阀等级，士庶不肯同座。

③胡儿：谢朗的小名。谢朗是谢安的侄儿。

④清立：清高、特立。矜咳：徐震谔《世说新语校笺》说：咳，一本作孩，疑是。指傲慢、固执。

【译文】

中书令王献之去拜访谢安，正遇上习凿齿已经在座，按礼法本应和习凿齿并排坐。王献之却来回走动，不肯落座，谢安拉着他坐在习凿齿的对面。客人走后，谢安对谢朗说："王献之确实是清高不随俗，只是人为地保持这样多的傲慢、固执，会损害他自己的天然本性。"

【原典】

王大、王恭尝俱在何仆射坐[①]，恭时为丹阳尹，大始拜荆州。讫将乖之际，大劝恭酒，恭不为饮，大逼强之，转苦，便各以裙带绕手[②]。恭府近千人，悉呼入斋；大左右虽少，亦命前，意便欲相杀。何仆射无计，因起排坐二人之间，方得分散。所谓势利之交，古人羞之[③]。

【注释】

①王大、王恭：王忱、王恭两人是同族叔侄关系，但是感情上有裂痕，所以会做出下文所述之事。何仆射：何澄，字子玄，曾任尚书左仆射，为人清正。

②讫：同"迄"，到。乖：分别。裙：古人穿的下裳。

③势利之交：指为获取权势与财利的交情。羞：可耻。

【译文】

王忱和王恭曾经一起在左仆射何澄家做客，王恭当时任丹阳尹，王忱刚受任荆州刺史。到他们将近分别的时候，王忱劝王恭喝酒，王恭不肯喝，王忱就强迫他，越来越急迫，随即各自拿起裙带缠在手上做出要武斗的样子。王恭府中有近千人，全都叫来何澄家中；王忱的随从虽然少，也叫他们前来，双方的意思是要互相攻杀打斗。何澄没有办法，就站起来插入两人中间坐着，才把两人分开。他们之间的关系就是所说的依仗权势和财富的交往，古人认为这是可耻的。

谗险第三十二

“不识桓公渴，徒吟子美诗。江清唯独看，心外更谁知。憔悴异灵均，非谗作逐臣。如逢渔父问，未是独醒人。”以能言善辩取胜者，正如刀尖求生，稍有不慎就会丧命，真险也。

【原典】

王平子形甚散朗，内实劲侠[1]。

【注释】

①散朗：洒脱开朗。劲侠：原注引邓粲《晋纪》作“劲狭”，指刚烈、侠义。不管是劲侠还是劲狭，都很难说是谗险。

【译文】

王平子外表非常潇洒、爽朗，内心却非常刚烈、侠义。

【原典】

袁悦有口才，能短长说，亦有精理[1]。始作谢玄参军，颇被礼遇。后丁艰，服除还都，唯赍《战国策》而已[2]。语人曰：“少年时读《论语》、《老子》，又看《庄》、《易》，此皆是病痛[3]事，当何所益邪？天下要物，正有[4]《战国策》。”既下，说司马孝文王，大见亲待，几乱机轴[5]。俄而见诛。

【注释】

①袁悦：字元礼。晋孝武帝时，会稽王司马道子录尚书事，袁悦得到司马道子的宠信，且劝道子专揽朝政。后来，王恭把这事告诉了孝武帝。袁悦又盛赞得到司马道子宠信中书令王国宝忠谨。而孝武帝已渐不满意司马道子，因此迁怒于袁悦，便杀了他。短长说：指战国时代游说之士那种合纵连横的言论。精理：精辟之理。

②丁艰：旧时遭父母之丧叫丁艰。其子女要在家守丧三年。服除：指守丧期满，除去丧服。赍（jī）：携带。《战国策》：主要是战国时代游说之士的言行录，记载了他们的政治主张和策略，由汉代刘向编定。

③病痛：毛病，比喻小事。

④正有：只有。

⑤司马孝文王：即会稽王司马道子。《晋书》作文孝王。机轴：指朝廷的秩序。

【译文】

袁悦有口才，擅长游说，道理也很精辟。他最初任谢玄的参军，得到很高的待遇。后来遇到父母的丧事，在家守孝，除服后回到京都，只带着一部《战国策》而已。他告诉别人说："年轻时读《论语》、《老子》，又看《庄子》、《周易》，这些都是讲的小事，能有什么好处呢？天下重要的书籍只有《战国策》。"到了京都以后，他去游说会稽王司马道子，受到了特别亲切的款待，几乎扰乱了朝政。不久就被杀了。

【原典】

孝武甚亲敬王国宝、王雅①。雅荐王珣于帝，帝欲见之。尝夜与国宝及雅相对，帝微有酒色，令唤珣。垂至，已闻卒传声，国宝自知才出珣下，恐倾夺其宠②，因曰："王珣当今名流，陛下不宜有酒色见之，自可别诏召也。"帝然其言，心以为忠，遂不见珣。

【注释】

①王国宝：晋孝武帝时任中书令，后任尚书左仆射，善于谄媚，总揽大权。晋安帝时，兖州刺史王恭以讨伐王国宝为名起兵，晋室恐惧，杀国宝。王雅：字茂建，因得到宠幸而任太子少傅。

②传声：传报之声。倾夺：争夺。其宠：显要职务和宠幸。一本作"要宠"。

【译文】

晋孝武帝很亲近且尊重王国宝和王雅。王雅向孝武帝推荐王珣，孝武帝想召见他。一天晚上，孝武帝和王国宝、王雅对坐喝酒，孝武帝脸上略带点酒色，便下令召见王珣。王珣将到，已经听到了吏卒传话的声音，王国宝知道自己的才能在王珣之下，恐怕王珣会争夺显职和宠幸，就对孝武帝说："王珣是当代的著名人士，陛下不宜带着酒意召见他，本来可以另外召见的。"孝武帝认为他的话说得对，心里认为他是忠心，于是没有见王珣。

【原典】

王绪[1]数谗殷荆州于王国宝，殷甚患之，求术于王东亭。曰：“卿但数诣王绪，往辄屏人[2]，因论它事。如此，则二王之好离矣。”殷从之。国宝见王绪，问曰：“比与仲堪屏人何所道？”绪云：“故是常往来，无它所论。”国宝谓绪于己有隐，果情好日疏，谗言以息。

【注释】

①王绪：是王国宝的堂弟，会稽王司马道子的心腹，任从事中郎，会谄媚。

②数诣：频繁地去拜访。屏人：把人支走。

【译文】

王绪屡次在王国宝面前说荆州刺史殷仲堪的坏话，殷仲堪对这事很担忧，向东亭侯王珣讨教对付他的办法。王珣说：“你只要经常去拜访王绪，一去就叫手下的人退出去，然后谈别的事情。这样，二王的交情就疏远了。”殷仲堪照他所说的去做。后来王国宝见到王绪，问道：“你近来和殷仲堪在一起，赶走随从，都说些什么呢？”王绪回答说：“只不过是一般往来，没有谈别的什么事。”王国宝认为王绪对自己有隐瞒，果然两人的感情日渐疏远了，对殷仲堪的谗言于是也平息下来。

尤悔第三十三

“尝闻嵇吕辈，尤悔生疏顽。巢悟入箕颍，皓知返商颜。”尤悔程度非一般后悔可比，其间往往蕴含丰富的内容与道理，所悔之事多有后人可借鉴之处。

【原典】

魏文帝忌弟任城王骁壮[①]，因在卞太后[②]閤共围棋，并啖枣，文帝以毒置诸枣蒂中，自选可食者而进。王弗悟，遂杂进之。既中毒，太后索水救之。帝预敕左右毁瓶罐，太后徒跣趋井[③]，无以汲。须臾，遂卒。复欲害东阿[④]，太后曰："汝已杀我任城，不得复杀我东阿！"

【注释】

①任城王：曹彰，字子文，卞太后第二子，封任城王。骁壮：勇猛、刚强。

②卞太后：魏文帝曹丕的母亲，曹丕登位时尊为太后。

③徒跣：赤脚。趋：快走。

④东阿：曹植，字子建，卞太后第四子，封东阿王。曹植封东阿王是曹丕死后之事。

【译文】

魏文帝曹丕猜忌他的弟弟任城王曹彰勇猛刚强，趁在卞太后的住房里一起下围棋并吃枣的机会，文帝先把毒药放在枣蒂里，自己挑那些没放毒的吃。曹彰没有察觉，就把有毒、没毒的混着吃了。曹彰中毒以后，卞太后要找水来解救他。可是文帝事先命令手下的人把装水的瓶罐都打碎了，卞太后匆忙间光着脚赶到井边，却没有东西打水。不久曹彰就死了。魏文帝又要害死东阿王曹植，卞太后说："你已经害死了我的任城儿，不能再害我的东阿儿了！"

【原典】

王浑后妻，琅邪颜氏女。王时为徐州刺史，交礼拜讫，王将答拜，观者咸曰："王侯州将，新妇州民，恐无由答拜[①]。"王乃止。武子以其父不答拜，不成礼，恐非夫妇，不为之拜，谓为"颜妾"。颜氏耻之，以其门贵，终不敢离[②]。

【注释】

①"王侯"句：王浑袭父爵为京陵侯，故称王侯。晋代，州

刺史往往掌握军权，王浑是扬烈将军、徐州刺史，所以称州将。颜氏女是琅邪国人，琅邪属徐州管辖，所以是州民。

②离：离婚。

【译文】

王浑后房妻子，是琅邪国颜家的女儿。王浑当时任徐州刺史，颜氏行完交拜礼，王浑刚要答拜，旁观的人都说："王侯是州将，新娘是本州百姓，恐怕没有理由答拜。"王浑于是停止了答拜。王济认为自己父亲不答拜，就不算完成了婚礼，恐怕不算夫妻，也就不拜后母，只称她为"颜妾"。颜氏认为这是耻辱，但是因为王浑门第高贵，终究不敢离婚。

【原典】

陆平原河桥败，为卢志所谗，被诛[1]。临刑叹曰："欲闻华亭鹤唳[2]，可复得乎？"

【注释】

①"陆平原"句：陆平原，即陆机。在西晋八王之乱中，成都王司马颖任陆机为平原内史。大安初年，司马颖起兵讨伐长沙王司马乂，又任陆机代理河北大都督。陆机进兵洛阳，在河桥大败。于是被司马颖的左长史卢志诬为将要谋反，终于被杀害。

②华亭鹤唳：华亭：今上海市松江县西平原村，有华亭谷、华亭水，是陆机故居。其地出鹤，当地人谓之鹤窠。后来用"华亭鹤唳"表示怀念故土而感慨生平，悔入仕途。唳：鸣叫。

【译文】

平原内史陆机在河桥兵败后，受到卢志的谗害，终于被杀。临刑时叹息说："想听一听故乡的鹤鸣，还能听得到吗？"

【原典】

刘琨善能招延，而拙余抚御[1]。一日虽有数千人归投[2]，其逃散而去，亦复如此，所以卒无所建。

【注释】

①刘琨：刘琨在西晋永嘉元年出任并州刺史，当时并州饥荒，百姓流散，寇盗猖狂。刘琨转战至晋阳，那里已是一片废墟。抚御：安抚驾驭。

②归投：归附投靠。

【译文】

刘琨擅长招揽人才，却不善于安抚和驾驭。一天之内虽然有几千人前来投奔他，可是逃跑的也有这个数目，因此他最终没有什么建树。

【原典】

王平子[①]始下，丞相语大将军："不可复使羌人[②]东行。"平子面似羌。

【注释】

①王平子：王平子是王澄的字，西晋惠帝末年出任荆州刺史，东晋元帝召他为军谘祭酒，路过豫章，去探望堂兄弟王敦，被王敦杀害。

②羌人：羌族人。羌族是古代民族，住在西北一带。这里指王平子。

【译文】

王澄刚从荆州下建康，丞相王导告诉大将军王敦说："不可再让那个羌人到东边来。"因为王澄相貌长得像羌人。

【原典】

王大将军起事，丞相兄弟诣阙谢[①]。周侯深忧诸王，始入[②]，甚有忧色。丞相呼周侯曰："百口委[③]卿！"周直过不应。既入，苦相存救[④]。既释，周大说，饮酒。及出，诸王故在门。周曰："今年杀诸贼奴，当取金印如斗大系肘后[⑤]。"大将军至石头，问丞相曰："周侯可为三公不？"丞相不答。又问："可为尚书令不？"又不应。

因云："如此，唯当杀之耳！"复默然。逮[6]周侯被害，丞相后知周侯救己，叹曰："我不杀周侯，周侯由我而死，幽冥[7]中负此人！"

【注释】

①"王大"句：大将军王敦是王导的堂兄，在东晋初年，两人共同辅佐晋元帝。永昌元年（公元 322 年），王敦在镇守地武昌起兵反，以诛刘隗为名，直下建康。当时王导任司空、录尚书事，每天带着同宗族的人到朝廷待罪。刘隗则劝晋元帝杀王氏。阙：皇宫门前两边的楼台，泛指皇宫、朝廷。

②入：进朝廷。

③委：托付。这句指希望周侯保全其家族。

④苦：尽力。存救：保全。

⑤贼奴：指王敦等叛逆之臣。取金印如斗大系肘后：指杀贼立功受赏。

⑥逮：及，到。

⑦幽冥：暗昧，昏庸。

【译文】

大将军王敦起兵作乱，丞相王导兄弟到朝廷请罪。武城侯周顗特别担忧王氏一家，刚进宫时，表情很忧虑。王导招呼周顗说："我全家百口就拜托你了！"周顗照直走过去，没有回答。进宫后，他极力援救王导。赦免后，周顗极为高兴，喝起酒来。等到出宫，王氏一家仍然在门口。周顗说："今年把乱臣贼子都消灭了，我定会拿到像斗大的金印挂在胳膊肘上。"王敦攻陷石头城后，问王导说："周侯可以做三公吗？"王导不回答。又问："可以做尚书令吗？"王导又不回答。王敦就说："既然这样，只有杀了他了！"王导再次默不作声。等到周顗被害后，王导才知道周顗救过自己，他叹息说："我不杀周侯，周侯却是因为我而死，到阴曹地府中我也对不起这个人！"

【原典】

王导、温峤俱见明帝，帝问温前世[1]所以得天下之由，温未答。

顷，王曰："温峤年少未谙，臣为陛下陈之。"王乃具叙宣王[②]创业之始，诛夷名族，宠树同己，及文王之末高贵乡公事[③]。明帝闻之，覆面著床曰[④]："若如公言，祚[⑤]安得长！"

【注释】

①前世：前朝。

②宣王：指司马懿，曾受魏文帝曹丕重用，后来为了夺权，寻机把皇族曹爽和曹操的女婿、吏部尚书何晏杀掉，并杀太尉王凌等，还逮捕魏朝诸王公，这就是诛夷名族。与此同时，因太尉蒋济追随他杀曹爽等，便进封蒋济为都乡侯，这就是宠树同己。建立晋国时，追尊为宣王。

③高贵乡公事：文王司马昭继其兄司马师任魏大将军后，图谋代魏，杀魏帝高贵乡公，立曹奂为帝，并进爵为晋王，死后谥为文王。

④覆面著床：把脸遮住贴在坐床上。

⑤祚：通"阼"，帝位。

【译文】

王导和温峤一起谒见晋明帝，明帝问温峤前代统一天下的原因是什么，温峤没有回答。过了一会儿，王导说："温峤年轻，还不熟悉这一段的事，请允许臣为陛下说明。"王导就一一叙说晋宣王开始创业的时候，诛灭有名望的家族，宠幸并栽培赞成自己的人，以及文王晚年杀高贵乡公的事。晋明帝听后，掩面伏在坐床上，说："如果像你说的那样，晋朝的皇位怎么能长久啊！"

【原典】

王大将军于众坐中曰："诸周由来未有作三公者。"有人答曰："唯周侯邑五马领头而不克[①]。"大将军曰："我与周洛下相遇，一面顿尽[②]。值世纷纭，遂至于此[③]！"因为流涕。

【注释】

①邑：疑通"挹"，取。马：赌博用的筹码。此处以赌傅为

喻，指周顗将做三公而被杀害。故王敦有下面的话。

②顿尽：指立刻倾吐真心。

③“值世”句：据《晋书·周顗传》载，王敦说此话是在他杀了周顗之后，只是《晋书》所记与此略有不同。值：遇到。

【译文】

大将军王敦在大庭广众中说：“周氏一族从来没有人做过三公。”有人回答说：“只有周侯已经做到距三公不远的高官，最终却没能成功。”王敦说：“我和周顗在洛阳相会，初次见面，就能推心置腹。只是赶上世事乱纷纷，竟然落得这样的结局！”于是为周顗流下泪来。

【原典】

温公初受刘司空使劝进[1]。母崔氏固驻之，峤绝裾而去[2]。迄于崇贵，乡品犹不过也[3]。每爵[4]，皆发诏。

【注释】

①“温公”句：温峤任刘琨使臣劝进事。

②固：坚决。驻：车马停止不前。绝裾：扯断衣襟，表示去意坚决。裾：衣服的大襟或前后部分。

③乡品：本乡的品评。不过：不能通过。温峤母亲在江北去世，温峤无法归葬，所以后来提升他为散骑侍郎时，他坚决辞让。只是由于晋元帝诏令朝臣议定，这才接受任命。

④每爵：每次升官授爵。

【译文】

温峤当初受司空刘琨委派，过江劝说晋元帝即帝位。他母亲崔氏坚决阻止他走，温峤不顾一切扯断衣襟走了。一直到他显贵以后，乡里的评论还是不能同意他的做法。因此每当给他晋升官爵，都要由皇帝发布命令来解释说明。

【原典】

庾公欲起周子南，子南执辞愈固[1]。庾每诣周，庾从南门入，周从后门出。庾尝一往奄至[2]，周不及去，相对终日。庾从周索食，周出蔬食，庾亦强饭[3]，极欢。并语世故，约相推引[4]，同佐世之任。既仕，至将军二千石，而不称意。中宵慨然曰："大丈夫乃为庾元规所卖！"一叹，遂发背[5]而卒。

【注释】

①周子南：周劭，字子南，隐居庐山。庾亮去拜访他，他躲避不见。后提拔为镇蛮护军、西阳太守。执辞愈固：坚持自己的意见推辞越发坚决。

②一往：径直。奄：忽然。

③蔬食：指粗食。强饭：尽力进餐。

④推引：推荐引进。

⑤发背：引发背部毒疮。

【译文】

庾亮想要起用周子南做官，周子南执意推辞，而且越来越坚决。庾亮每次去拜访周子南，庾亮从大门进来，周子南就从后门出去。有一次庾亮突然到来，周子南来不及躲开，就和庾亮面对面坐了一整天。庾亮向周子南要饭吃，周子南拿出粗茶淡饭，庾亮也吃得很香，特别高兴。两人谈论世事，约定互相推荐，共同担负起辅助国家的重任。周子南出来做官后，升为将军、郡守，却不称心。夜半感慨地说："大丈夫竟被庾元规出卖了！"一声长叹，终于背疮发作而死。

纰漏第三十四

今之纰漏多会铸成大错，古人之纰漏则更多指礼数、见识而言，充满冷幽默的意味。

【原典】

王敦初尚主[①]，如厕，见漆箱盛干枣，本以塞鼻，王谓厕上亦下果[②]，食遂至尽。既还，婢擎金澡盘盛水，琉璃碗盛澡豆[③]，因倒著水中而饮之，谓是干饭[④]。群婢莫不掩口而笑之。

【注释】

①尚主：娶公主为妻。王敦娶晋武帝女舞阳公主。

②下果：设置果品。

③澡豆：古代供洗涤用的粉剂，用豆末合药制成，用来洗手洗脸。

④干饭：干粮。

【译文】

王敦刚和公主结婚时，去上厕所，看见漆箱里装着干枣，这本来是用来堵鼻子的，王敦以为厕所里也摆设果品，便吃起来，竟然吃光了。回到屋里，侍女端着装水的金澡盘和装澡豆的琉璃碗，王敦便把澡豆倒入水里喝了，以为是干粮。侍女们都捂着嘴笑话他。

【原典】

元皇初见贺司空[①]，言及吴时事，问："孙皓烧锯截一贺头[②]，是谁？"司空未得言，元皇自忆曰："是贺劭。"司空流涕曰："臣父遭遇无道，创巨痛深，无以仰答明诏[③]。"元皇愧惭，三日不出。

【注释】

①贺司空：贺循，字彦先，晋元责任安东将军时，荐贺循任吴国内史，死后追赠司空。

②孙皓：三国时吴国最后一个君主，因中书令贺劭上书劝谏，便烧锯锯断贺劭的头。

③无道：暴虐。创：创伤，伤口。

【译文】

晋元帝初次召见司空贺循，谈到吴国的事情，问道："孙皓烧红锯子锯下一个姓贺的头颅，这个人是谁？”贺循还未回答，元帝自己想起来，说：“是贺劭。”贺循流着泪说：“臣的父亲碰上无道昏君，臣的创痛深重，无法回答陛下英明的问话。”元帝很羞愧，三天都没有出门。

【原典】

蔡司徒渡江，见彭蜞[①]，大喜曰：“蟹有八足，加以二螯[②]。”令烹之。既食，吐下委顿[③]，方知非蟹。后向谢仁祖说此事，谢曰：“卿读《尔雅》不熟，几为《劝学》死[④]。”

【注释】

①彭蜞：蟛蜞，类似螃蟹的一种动物，体小，不能食。

②“蟹有”句：出自蔡邕《劝学篇》，蔡邕是蔡谟的堂曾祖辈。螯：螃蟹前面的一对夹钳。

③吐下：指上吐下泻。委顿：疲乏，萎靡不振。

④《尔雅》：古代第一部分类解释词义的字书，《尔雅·释鱼》讲到蟛蜞。几：差一点，几乎。

【译文】

司徒蔡谟避乱渡江后见到蟛蜞，异常高兴地背诵道：“螃蟹有八只脚，加上两个夹钳。”叫人煮来吃。吃完以后，上吐下泻，精神疲困，这才知道不是螃蟹。后来他向谢尚说起这件事，谢尚说：“你读《尔雅》读得不熟，差一点被《劝学》害死。”

【原典】

任育长[①]年少时，甚有令名。武帝崩，选百二十挽郎，一时之秀彦[②]，育长亦在其中。王安丰[③]选女婿，从挽郎搜其胜者，且择取四人，任犹在其中。童少时，神明可爱，时人谓育长影亦好。自过江，便失志[④]。王丞相请先度时贤共至石头迎之，犹作畴日[⑤]相待，一见便觉有异。坐席竟，下饮，便问人云：“此为茶，为茗[⑥]？”觉有异色，乃自申明云：“向问饮为热、为冷耳[⑦]。”尝行从棺邸下度，流涕悲哀。王丞相闻之曰：“此是有情痴。”

【注释】

①任育长：任瞻，字育长，曾任仆射、都尉、天门太守。

②挽郎：拉棺材唱挽歌的青年。秀彦：德才杰出的人。

③王安丰：王戎。

④失志：指失去神志，头脑糊涂。

⑤畴日：以前。

⑥茶、茗：早采者为茶，晚采者为茗。一说茗是茶芽。

⑦"向问"句："冷"和"茗"晋代同韵，"热"和"茶"不同韵但主元音相近，所以任育长能改口。

【译文】

任瞻年轻时，名声很好。晋武帝死后，要挑选一百二十人做挽郎，都是当时才德出众的人，任瞻也在其中。安丰侯王戎要挑选女婿，就从挽郎里面寻找超群的人，暂且挑出四个人，任瞻仍然在其中。少年时代，他聪明可爱，当时的人认为他相貌也好。自从过江以后，他就头脑糊涂了。过江时，丞相王导邀请先前渡江的贤达一同到石头城迎接他，还是像过去一样对待他，可是一见面便发现他有变化。安排好座席后，摆上茶来，任瞻就问别人道："这是茶还是茗？"刚一问，发现别人表情有变化，自己就申明："刚才我问的茶是热的还是冷的罢了。"有一次，他从棺材铺前走过，悲伤地流了泪。王导听说了，说道："这是位有情之痴。"

【原典】

谢虎子[①]尝上屋熏鼠。胡儿既无由[②]知父为此事，闻人道痴人有作此者，戏笑之，时道此非复一过[③]。太傅既了己之不知，因其言次[④]，语胡儿曰："世人以此谤中郎[⑤]，亦言我共作此。"胡儿懊热，一月日闭斋不出。太傅虚托引己之过，以相开悟，可谓德教[⑥]。

【注释】

①谢虎子：虎子是谢据的小名，谢据是谢安的哥哥。

②无由：无从，没有机会。

③非复：不只。一过：一次。

④因其言次：趁着说话的时候。

⑤中郎：指谢据。如果兄弟三人，第二个为中郎。谢安兄弟六人，谢安排行第三，谢据第二。

⑥虚托：假托。德教：以德教人。

【译文】

谢据曾经上房熏老鼠。谢朗既无从知道父亲做过这件事，又听人说傻子才会这样做，就跟着一起嘲笑这种人，还不止一次提起这事。太傅谢安已经明白胡儿并不知道父亲做过这种事，趁他谈话中间，告诉谢朗说："世人拿这件事情来毁谤你父亲，还说我也一道这样做。"谢朗听了，悔恨焦躁，关在书房里一个月不出来。谢安假托援引自己的过错来开导他，使他醒悟过来，这可以说是德教。

【原典】

殷仲堪父病虚悸[①]，闻床下蚁动，谓是牛斗。孝武不知是殷公，问仲堪：有一殷，病如此不？仲堪流涕而起曰："臣进退唯谷[②]。"

【注释】

①虚悸：虚弱心跳。原注说殷父有精神病。

②进退唯谷：进退两难，这里指不知所对。

【译文】

殷仲堪的父亲有病，身体虚弱，听到床下蚂蚁活动，认为是牛在斗架。晋孝武帝不知道是殷仲堪的父亲，便问殷仲堪："有一位姓殷的，生的病就是这样的，是吗？"殷仲堪流着泪站起来回答说："臣进退两难，不知说什么好。"

【原典】

虞啸父[①]为孝武侍中，帝从容问曰："卿在门下，初不闻有所献替[②]。"虞家富春，近海，谓帝望其意气[③]，对曰："天时尚暖，鲥鱼虾鲊未可致，寻当有所上献[④]。"帝抚掌大笑。

【注释】

①虞啸父：会稽余姚人，为吴国内史、尚书、侍中。

②门下：官署名，即门下省，以侍中、给事黄门侍郎总管门下，是皇帝的侍从、顾问机构。献替：指进谏。献：指奉献。替：指除去，献善除恶，以谏君主。

③虞家富春："春"字疑为衍文。汉代有富春县，晋代改名富阳，且不是虞氏原籍。意气：奉献，也指奉献的东西。

④鮆（zhì）：鱼名，可以制酱。虾鱼羌：鱼羌，当作或鲊（zhǎ），经过加工的鱼类食品。

【译文】

虞啸父任晋孝武帝侍中时，孝武帝很委婉地问他："你在门下省任职，怎么从来也没有听到你进献过什么高见呢？"虞家在富春，靠近海边，虞啸父误认为这是孝武帝希望他进贡，就回答说："现在天气还暖和，鱼类制品还得不到，不久将会有所进献。"孝武帝听了拍手大笑。

【原典】

王大[①]丧后，朝论或云国宝应作荆州。国宝主簿夜函白事[②]云："荆州事已行。"国宝大喜，其夜开阁，唤纲纪[③]，话势虽不及作荆州，而意色甚恬。晓遣参问[④]，都无此事。即唤主簿数[⑤]之曰："卿何以误人事邪？"

【注释】

①王大：王忱，又称阿大，任荆州刺史，卒于官。会稽王司马道子想让王国宝代替，孝武帝却任用殷仲堪。

②白事：报告，是文书的一种。王国宝误会了主簿所报告的内容。

③其夜：一本作"而夜"。阁：大门旁边的小门。纲纪：主簿。

④参问：探问，验证。

⑤数（shǔ）：责备。

【译文】

王忱死后，朝廷议论，有说王国宝应该出任荆州刺史。王国宝的主簿连夜封好一份报告送上来说："荆州刺史任命的事已经定下来了。"王国宝非常高兴，当夜打开侧门，叫主簿进来谈论情势问题。虽然没有说到出任荆州刺史的事，可是神情态度很安适。到天亮派人去验证打探，完全没有这回事。王国宝立即叫主簿来并责备他说："你怎么耽误人家的事情呢？"

惑溺第三十五

“情欲虽害人，要是自惑溺。吾观日用事，饮食真勍敌。”惑溺本当为祸事，但又不乏英雄气短，儿女情长。

【原典】

魏甄后惠而有色[1]，先为袁熙妻，甚获宠。曹公之屠邺也，令疾召甄[2]，左右白："五官中郎[3]已将去。"公曰："今年破贼，正为奴[4]。"

【注释】

①魏甄后：魏文帝曹丕的皇后，姓甄。惠：同"慧"，聪明。

②"曹公"句：东汉末，袁绍割据河北、山西等地，与曹操争雄。袁绍死，其小儿子袁熙出任幽州刺史，把妻子留在邺城。公元204年，曹操大破袁尚，取邺城。

③五官中郎：指曹丕。曹丕登位前曾任五官中郎将，主管宫廷保卫。

④"今年"句：曹操想得到甄氏，只因曹丕抢先一步，只好改口这样说。奴：她。

【译文】

魏甄后既温柔又漂亮，原先是袁熙的妻子，很受宠爱。曹操攻陷邺城屠杀百姓时，下令立即传见甄氏，侍从禀告说："五官中郎已经把她带走了。"曹操说："今年打败贼寇，正是为了她。"

【原典】

荀奉倩与妇至笃，冬月妇病热，乃出中庭自取冷，还以身熨之[1]。妇亡，奉倩后少时亦卒，以是获讥于世。奉倩曰："妇人德不足称，当以色为主。"裴令闻之曰："此乃是兴到之事，非盛德言，冀后人未昧此语[2]。"

【注释】

①荀奉倩：荀粲。中庭：庭中。熨：指用身体去紧贴。

②兴到：兴致所到。盛德：德高望重之人。

【译文】

荀粲和妻子的感情非常深厚，冬天他妻子发烧，他就亲自到院子里挨冻，再回屋里用身体贴着妻子，为她降温。妻子死后，荀粲没多久也死了，因此受到世人的讥讽。荀粲曾经说过："妇女的德行不值得称道，应当以姿色为主。"中书令裴楷听说这句话后说道："这只是一时兴趣所至的事，不是德行高尚的人该说的话，希望后人不会被这句话弄糊涂。"

【原典】

贾公闾[1]后妻郭氏酷妒。有男儿名黎民，生载周，充自外还，乳母抱儿在中庭，儿见充喜踊，充就乳母手中呜之[2]。郭遥望见，谓充爱乳母，即杀之。儿悲思啼泣，不饮它乳，遂死。郭后终无子。

【注释】

①贾公闾：贾充的字。

②载周：周岁。呜之：亲之。

【译文】

贾充的后妻郭氏忌妒心很重。她有一个男孩名叫黎民，出生才满一周岁时，贾充从外面回来，奶妈正抱着小孩在院子里玩，小孩看见贾充高兴得欢蹦乱跳，贾充走过去在奶妈的手里亲了小孩一下。郭氏远远望见了，以为贾充爱上了奶妈，立刻把她杀了。小孩想念奶妈，不停地啼哭，不吃别人的奶，终于饿死了。郭氏后来最终没有儿子。

【原典】

孙秀降晋，晋武帝厚存宠之，妻以姨妹蒯氏，室家甚笃[1]。妻尝妒，乃骂秀为"貉子"[2]。秀大不平，遂不复入。蒯氏大自悔责，请救于帝。时大赦，群臣咸见。既出，帝独留秀，从容谓曰："天下旷荡[3]，蒯夫人可得从其例不？"秀免冠[4]而谢，遂为夫妇如初。

【注释】

①孙秀：字彦才，三国时吴国人，曾任夏口督，是王室的至亲。吴国亡国之主孙皓想除掉他，他事先知道了，便投奔晋国。

存：慰问，安抚。室家：指夫妇。

②貉子：北方人轻视、辱骂南方人的口头语。貉子又名狸。

③旷荡：宏大，宽大。

④免冠：脱下帽子。古人免冠是表示谢罪。

【译文】

孙秀投降了晋国，晋武帝深加安抚并宠爱他，把姨妹蒯氏嫁给他，夫妻间感情很深厚。孙秀妻子曾经因为忌妒，竟骂孙秀是“貉子”。孙秀非常不满，就不再进内室。蒯氏深为悔恨自责，请求武帝帮助。当时正逢大赦天下，群臣都受到召见。召见完毕，群臣已经离开，武帝单独把孙秀留下，和缓地对他说：“国家宽大为怀，实行大赦，蒯夫人是否可以援例得到宽恕呢？”孙秀脱帽谢罪，于是夫妻和好如初。

【原典】

韩寿美姿容，贾充辟以为掾[①]。充每聚会，贾女于青琐[②]中看，见寿，说之，恒怀存想，发于吟咏。后婢往寿家，具述如此，并言女光丽[③]。寿闻之心动，遂请婢潜修音问[④]，及期往宿。寿蹻捷[⑤]绝人，逾墙而入，家中莫知。自是充觉女盛自拂拭，说畅有异于常[⑥]。后会诸吏，闻寿有奇香之气，是外国所贡，一著人则历月不歇。充计武帝唯赐己及陈骞，余家无此香，疑寿与女通，而垣墙重密，门閤急峻[⑦]，何由得尔？乃托言有盗，令人修墙。使反曰：“其余无异，唯东北角如有人迹，而墙高，非人所逾。”充乃取女左右婢考问，即以状对。充秘之，以女妻寿。

【注释】

①韩寿：字德真，官至散骑常侍、河南尹。辟（bì）：授予官职。

②青琐：镂刻成连环格并涂上青色的窗户。

③光丽：光艳美丽。

④潜修音问：暗中传递音信。

⑤蹻捷：指动作强劲迅速。

⑥拂拭：指梳妆打扮。说畅：欢欣舒畅。说：同悦。

⑦急峻：指戒备森严。

【译文】

韩寿的相貌很美，贾充聘他来做属官。贾充每次会集宾客，他女儿都从窗格子中张望，见到韩寿，就喜欢上了，心里常常想念着，并且在咏唱中表露出来。后来她的婢女到韩寿家里去，把这些情况一一说了出来，并说贾女艳丽夺目。韩寿听说了，意动神摇，就托这个婢女暗中传递音信，约定日期到贾女那里过夜。韩寿动作有力迅速，身手不凡，他跳墙进去，贾家没有人知道。从此以后，贾充发觉女儿越发用心修饰打扮，心情欢畅，不同平常。后来贾充会见下属，闻到韩寿身上有一股奇特的香味，这是外国的贡品，一旦沾到身上，几个月香味也不会消散。贾充思量着晋武帝只把这种香赏赐给自己和陈骞，其余人家没有这种香，就怀疑韩寿和女儿私通。但是围墙重叠严密，门户戒备森严，他从哪里能进来私通呢？于是便借口有小偷，派人修理围堵。派去的人回来禀告说：“其他地方没有什么两样，只有东北角好像有人跨过的痕迹，可是围墙很高，并不是一般人能跨过的。”贾充就把女儿身边的婢女叫来审查讯问，婢女随即把情况说了出来。贾充秘而不宣，把女儿嫁给了韩寿。

【原典】

王安丰妇常卿安丰[①]。安丰曰：“妇人卿婿，于礼为不敬，后勿复尔。”妇曰：“亲卿爱卿，是以卿卿。我不卿卿，谁当卿卿[②]！”遂恒听之。

【注释】

①卿安丰：称安丰为卿。称对方为卿是平辈间表示亲热而不拘礼法的称呼。

②“亲卿”句：按礼法，夫妻要相敬如宾，而王妻认为夫妻相亲相爱，不用讲客套。

【译文】

安丰侯王戎的妻子常常称王戎为“卿”。王戎说：“妻子称丈夫为‘卿’，在礼节上算作不敬重，以后不要再这样称呼了。”妻子说：“我亲你爱你，所以才称你为‘卿’。我不称你为‘卿’，还有谁该来称你为‘卿’呢！”于是索性任凭她这样称呼。

仇隙第三十六

“丈夫重出处，不退要当前。西羌解仇隙，猛士忧塞壖。庙谋虽不战，虏意久欺天。山西良家子，锦缘貂裘鲜。”仇隙不及宽恕那般潇洒旷达，但从中可感受到古人快意恩仇的纯粹与畅快。

【原典】

孙秀既恨石崇不与绿珠，又憾潘岳昔遇之不以礼①。后秀为中书令，岳省内见之，因唤曰："孙令，忆畴昔周旋不②？"秀曰："中心藏之，何日忘之③？"岳于是始知必不免。后收石崇、欧阳坚石④，同日收岳。石先送市⑤，亦不相知。潘后至，石谓潘曰："安仁，卿亦复尔邪？"潘曰："可谓'白首同所归'。"潘《金谷集诗》云："投分寄石友，白首同所归⑥。"乃成其谶⑦。

【注释】

①绿珠：石崇的爱妾，善吹笛，很漂亮。孙秀曾派人向石崇索取绿珠，石崇不肯给。孙秀怒，矫诏逮捕石崇。潘岳：字安仁，曾任给事黄门侍郎。孙秀诬陷他和石崇追随淮南王等作乱，夷三族。

②畴昔：从前。周旋：交往。

③"中心"句：引自《诗经·小雅·隰桑》，这里指心中存着这件事，哪一天也忘不了。中心：心中。

④收：逮捕。欧阳坚石：欧阳建，字坚石，是石崇的外甥。

⑤市：执行死刑的东市。

⑥"投分"句：大意是，我希望寻找坚贞的知己，友情始终如一，同生共死。投分：志向相合，知交。石友：比喻像金石一样坚贞的朋友。

⑦谶（chèn）：预兆，预言。

【译文】

孙秀既怨恨石崇不肯送出绿珠，又不满潘岳从前对自己不礼貌。后来孙秀任中书令，潘岳在中书省的官府里见到他，就招呼他说："孙令，还记得我们过去的来往吗？"孙秀说："中心藏之，何日忘之？"潘岳于是知道免不了祸难。后来孙秀逮捕石崇、欧阳坚石，同一天逮捕潘岳。石崇首先被押赴刑场，还不知道潘岳的情况。潘岳后来也押到了，石崇对他说："安仁，你也这样吗？"潘岳说："我们可以说是'白首同所归'。"潘岳在《金谷集诗》序中写道："投分寄石友，白首同所归。"这竟成了他遇害的预兆。

【原典】

刘玙兄弟少时为王恺所憎，尝召二人宿，欲默除[1]之。令作阬，阬毕，垂加害矣[2]。石崇素与玙、琨善，闻就恺宿，知当有变，便夜往诣恺，问二刘所在。恺卒迫不得讳[3]，答云："在后斋中眠。"石便径入，自牵出，同车而去，语曰："少年何以轻就人宿？"

【注释】

①默除：指暗杀。

②阬（kēng）：同"坑"，土坑。垂：接近。

③卒迫：同"猝迫"，仓猝，突然。讳：隐讳，隐瞒。

【译文】

刘玙兄弟年轻时是王恺所憎恨的人，王恺曾经请他们兄弟两人到家里过夜，想要不声不响地害死他们。王恺叫人挖坑，坑挖好后就要杀害他们。石崇向来和刘玙、刘琨很要好，听说两人到王恺家过夜，知道会有意外，就连夜去拜访王恺，问刘玙、刘琨兄弟在什么地方。王恺匆忙间没法隐瞒，只得回答说："在后面书房里睡觉。"石崇就径直进去，亲自把他们拉出，一同坐车走了，并且对他们说："年轻人怎么可以这么轻率地到别人家过夜呢？"

【原典】

王大将军执司马愍王，夜遣世将[1]载王于车而杀之，当时不尽知也，虽愍王家亦未之皆悉，而无忌[2]兄弟皆稚。王胡之[3]与无忌长甚相昵，胡之尝共游。无忌入告母，请为馔[4]，母流涕曰："王敦昔肆酷汝父，假手世将。吾所以积年不告汝者，王氏门强，汝兄弟尚幼，不欲使此声著[5]，盖以避祸耳。"无忌惊号，抽刃而出，胡之去已远。

【注释】

①司马愍王：司马丞，字元敬，曾任湘州刺史，封为谯王，死后谥为愍王。世将：王世将，是王敦的堂兄弟，曾任荆州刺史，

追随王敦叛乱，王敦曾任命他为平南将军、荆州刺史。

②无忌：字公寿，是司马丞的儿子。

③王胡之：字修龄，是王世将的儿子。

④为馔：准备食物。

⑤门：家族。声著：声张。

【译文】

大将军王敦捉拿了愍王司马丞，夜里派王世将把他弄到车里杀死了，当时人们不完全知道这件事，即使是愍王家里的人也不是全都了解内幕，而司马丞的儿子无忌兄弟又都年幼。王胡之和无忌两人长大以后非常亲密。有一次，王胡之和无忌在一起游玩，无忌回家告诉母亲，请她准备饭食。母亲流着泪说："王敦从前肆意残害你父亲，借王世将的手把你父亲杀了。我多年来没有告诉你们，是因为王氏家族势力强大，你们兄弟还年幼，我不想把这件事张扬开来，就是为了避祸啊。"无忌听了很震惊，号哭起来，拔出刀就跑出去，可是王胡之已经走远了。

【原典】

应镇南作荆州，王修载[①]、谯王子无忌同至新亭与别。坐上宾甚多，不悟[②]二人俱到。有一客道："谯王丞致祸，非大将军意，正是平南所为耳。"无忌因夺直兵参军[③]刀，便欲斫[④]。修载走投水，舸[⑤]上人接取，得免。

【注释】

①应镇南：应詹，字思远，升任江州刺史、平南将军，死后追赠镇南大将军。王修载：应是王世将的儿子，《晋书·无忌传》说到饯行时，丹阳丞耆之在座，那么修载应是耆之的字。

②不悟：不知道。

③直兵参军：值班参军。

④斫（zhuò）：砍。

⑤舸（gě）：大船。

【译文】

镇南大将军应詹出任荆州刺史时，王耆之和谯王司马丞的儿子无忌同时到新亭给他饯别。座上宾客很多，没想到这两人都来了。有一位客人说："谯王司马丞遇难，不是大将军的意思，只是平南将军干的罢了。"无忌于是夺了值班参军的刀，要去砍杀王耆之。王耆之逃出去被迫投河，船上的人救了他，才得以免死。

【原典】

王右军素轻蓝田。蓝田晚节论誉转重①，右军尤不平。蓝田于会稽丁艰②，停山阴治丧。右军代为郡，屡言出吊，连日不果③。后诣门自通，主人既哭，不前而去，以陵辱④之。于是彼此嫌隙大构。后蓝田临⑤扬州，右军尚在郡。初得消息，遣一参军诣朝廷，求分会稽为越州⑥。使人受意失旨，大为时贤所笑。蓝田密令从事数⑦其郡诸不法，以先有隙，令自为其宜⑧。右军遂称疾去郡，以愤慨致终。

【注释】

①晚节：晚年。论舆：舆论评价。转重：逐渐提高。

②丁艰：指王蓝田死了母亲。

③代为郡：代替王述做会稽内史。不果：没有成为事实，没有实现。

④陵辱：侮辱。

⑤临：监临，治理。王述除服后，出任扬州刺史。

⑥求分会稽为越州：会稽郡属扬州，王羲之不愿在王述管辖之下，所以请求把会稽从扬州分出并升格为州。

⑦数：一一列举。

⑧自为其宜：让王羲之自己以适当的方式去处理。

【译文】

右军将军王羲之一向轻视蓝田侯王述。王述晚年得到的评价和声誉逐渐提高，王羲之尤其不满。王述在任会稽内史时遭母丧，留在山阴县办理丧事。王羲之接替他出任会稽内史，他屡次说要前去吊唁，可是一连多天也没有去成。后来他亲自登门通知前来吊唁，等到主人哭起来后，他又不上灵堂就走了，以此来侮辱王述。于是双方深结仇怨。后来王述出任扬州刺史，王羲之仍然主管会稽郡，刚得到任命王述的音讯，王羲之就派一名参军上朝廷，请求把会稽从扬州划分出来，成立越州。使者接受任务时领会错了意图，结果深为当代名流所讥笑。王述也暗中派从事去一一检察会稽郡各种不法行为，因为两人先前有嫌隙，王述就叫王羲之自己找个合适的办法来解决。王羲之于是告病离任，因愤慨而送了命。

【原典】

王东亭与孝伯语，后渐异[1]，孝伯谓东亭曰："卿便不可复测。"答曰："王陵廷争，陈平从默，但问克终云何耳[2]。"

【注释】

①"王东亭"句：王恭（字孝伯）因为中书令王国宝专擅朝政，想杀国宝，而东亭侯王珣以为时机未到，极力劝止。后来王珣又劝王国宝辞职，以缓和矛盾。这里所谓后渐异，疑指此。

②"王陵"句：汉惠帝死，吕后想封诸吕为王，问右丞相王陵，王陵认为不可，再问左丞相陈平，陈平认为可以。后来陈平和周勃一起诛杀诸吕，立汉文帝，安定了刘氏天下。从默：依从，不说话。克终：结果，末了。

【译文】

王珣和王恭两人交谈，后来，王珣的意见逐渐不一样了。王恭对王珣说："你说话怎么令人难以捉摸。"王珣回答说："王陵在朝廷上力争，陈平顺从而不说话，这都不足为据，只看结果怎么样就可以了。"

【原典】

王孝伯死，县其首于大桁[1]。司马太傅命驾出，至标所[2]，孰视首，曰："卿何故趣[3]欲杀我邪？"

【注释】

①"王孝伯"句：晋安帝时，太傅司马道子专权，引王愉、

司马尚之为腹心。隆安二年（公元 398 年），王孝伯以讨伐王愉等为名，起兵反，兵败被杀。县：悬挂。大桁：即朱雀桥，横跨于秦淮河上。

②标所：立柱子悬首示众的地方。

③趣（cù）：同“促”，急促。

【译文】

王恭死后，他的首级被挂在朱雀桥上示众。太傅司马道子坐车到示众的地方，仔细地看着王恭的首级，说道：“你为什么急着要杀我呢？”

【原典】

桓玄将篡，桓脩欲困玄在脩母许袭之[1]。庾夫人云：“汝等近，过我余年，我养之，不忍见行此事。”

【注释】

①“桓玄”句：桓玄和桓脩是堂兄弟，桓脩年幼时常受到桓玄的欺侮，所以怀恨在心。

【译文】

桓玄将要篡夺帝位，桓脩想趁桓玄在桓脩母亲那里时袭击他。桓脩母亲庾夫人说：“你们是近亲，等我过了晚年吧，我养大了桓玄，不忍心看到你们做这种事。”